셰익스피어 비극
맥베드
The Tragedy of Macbeth

셰익스피어 비극
맥베드

초판 1쇄 | 2012년 6월 30일 발행
      2쇄 | 2019년 9월 20일 발행

지은이 | 셰익스피어
옮긴이 | 김재남
펴낸곳 | 해누리
펴낸이 | 김진용
편집주간 | 조종순
마케팅 | 김진용

등록 | 1998년 9월 9일(제16-1732호)
등록변경 | 2013년 12월 9일(제2002-000398호)
주소 | 07265 서울특별시 영등포구 당산로 20길 13-1
전화 | 02)335-0414 팩스 | 02)335-0416
E-mail | haenuri0414@naver.com

ⓒ 해누리, 2012

ISBN 978-89-6226-032-8 (03840)

*무단전재와 무단복제를 할 수 없습니다.
*잘못된 책은 구입하신 서점에서 바꾸어 드립니다.

셰익스피어 비극

맥베드

The Tragedy of Macbeth

김재남 옮김

MACBETH

차례

머리말 · 6

작품 해설 · 9

장소, 등장인물 · 15

1막 1장 · 16
1막 2장 · 18
1막 3장 · 21
1막 4장 · 31
1막 5장 · 34
1막 6장 · 38
1막 7장 · 39

2막 1장 · 45
2막 2장 · 48
2막 3장 · 55
2막 4장 · 65

3막 1장 · 67
3막 2장 · 73
3막 3장 · 76

일러두기

 _ 연극에서 등장인물이 말을 하지만 무대 위의 다른 인물에게는 들리지 않고 관객만 들을 수 있는 것으로 약속되어 있는 대사

셰익스피어 비극
맥베드

3막 4장 · 78
3막 5장 · 88
3막 6장 · 90

4막 1장 · 93
4막 2장 · 103
4막 3장 · 109

5막 1장 · 120
5막 2장 · 124
5막 3장 · 126
5막 4장 · 129
5막 5장 · 131
5막 6장 · 134
5막 7장 · 135
5막 8장 · 138
5막 9장 · 141

셰익스피어 인물 소개
_ 셰익스피어의 생애 · 146
_ 셰익스피어는 실존 인물인가? · 161
_ 셰익스피어의 연표 · 165

머리말

　　　　　　　　　김재남(金在枏) 교수님은 셰익스피어 연구에
평생을 바치셨으며 이 분야에서는 우리나라에서 최고의 대가들 가운데 한 분
이시다. 또한 이미 1964년에 '셰익스피어 전집'을 번역, 출간하셨는데, 이것은
한 개인이 셰익스피어의 작품 전체를 번역한 것으로서는 우리나라에서 최초인
것이었으며, 동시에 셰익스피어 전집의 번역 자체도 전 세계에서 일곱 번째에
해당하는 일이었다. 그 후 김교수님은 30년에 걸친 1995년에 이르기까지 셰익
스피어 전집을 두 번 수정, 보완하셨다.
　김교수님의 이러한 탁월한 업적에 대해 우리나라의 영문학계를 대표하시는
분들이 다음과 같이 평한 바가 있어서 여기 소개한다.

　"셰익스피어를 번역하는 사람은 먼저 그의 작품들을 계통적으로 연구한 전
문학자라야 할 것이다. 또한 난해하거나 영묘한 셰익스피어의 표현을 우리말
로 옮기는 데는 문학적 재능이 필요하다. 김재남 교수는 위에서 말한 두 가지
조건을 구비한다. 학계와 연극계의 일치된 요망에 부응하는 최초의 ≪셰익스
피어 전집≫이 김재남 교수의 손으로 되어 나온다는 것은 지극히 타당한 일이

라 생각한다."_ 문학박사 최재서, 1964년 초판 서문에서

"셰익스피어 번역에는 참으로 어려운 문제들이 많다. 김교수는 이 방면에 훌륭한 준비를 갖추었고 그의 노력과 열의는 높이 평가되어야 할 분이라, 이 전집 번역을 혼자 힘으로 이룩한 데 대해 경의와 찬사를 아낄 수 없다. 극문학에 큰 공헌이 될 것을 의심하지 않는 바이다."_ 문학박사 권중휘, 1964년 초판 서문에서

"이 힘들고, 범인으로서는 불가능한 일을 할 수 있는 비범한 사람이 있는가? 과연 우리에게는 용기와 끈기와 추진력에다 능력과 자격을 겸비한 적격자가 있는가? 김재남 교수님이야말로 이 모든 것을 갖춘 비범한 적격자의 한 분이라고 나는 감히 말할 수 있다. 1964년에 셰익스피어 탄생 400주년에 맞추어 선생님은 셰익스피어 전집 번역본을 단독으로 내셨다. 이것은 우리나라의 보통 큰 문화적 사건이 아니었다. 세계적으로도 손가락으로 셀 수 있을 정도의 소수이며, 더구나 단독 완역은 한둘이나 될까 매우 드문 일이기 때문이다."_ 문학박사 이경식, 1995년 3정판 서문에서

"김재남 교수는 우리 영문학계에서 '한 우물만을 판' 사람으로 유명하다. 그에게 있어서 셰익스피어는 학문의 전부였고 아마도 인생의 전부이기도 했을 것이다. 그의 평소의 신념이 작품이란, 더욱이 셰익스피어 같은 대고전은 읽고 또 읽어야 그 진가를 알 수 있다는 것이었다. 그의 문학을 대하는 태도는 이렇듯 정통적이고 비타협적이었다. 그렇기 때문에 그의 번역도 몇 번이고 새로워질 수밖에 없었을 것이다."_ 문학박사 여석기, 1995년 3정판 서문에서

이번에 김재남 교수님의 번역본을 다시 출간하게 된 것은 김재남 교수님과

조성식(趙成植, 前 고려대학교 명예교수, 학술원 회원) 교수님 사이에 맺어진 절친한 우정 때문이다. 나는 나의 장인어른이신 조교수님으로부터 두 분의 우정에 관한 이야기를 평소에 많이 들어왔고 또한 김재남 교수님의 번역본을 해누리에서 다시 출간했으면 좋겠다는 말씀을 자주 들었다. 그래서 몇 해 전에 김재남 교수님의 사모님에게 감히 전화를 걸어 구두로 허락을 받았고 이제 드디어 출간하게 된 것이다. 다만 김재남 교수님의 번역본이 현재의 독자들에게 좀 더 읽기 쉽고 이해하기 쉬운 것이 되도록 위해 난해한 한자어를 풀이하는 등 약간의 수정을 거쳤으며 재미있는 관련 삽화들을 가능한 한 많이 수록했다.

이 출간을 통하여 김재남 교수님의 탁월한 업적이 앞으로도 계속해서 더욱 빛나게 되기를 진심으로 바랄 따름이다.

2011년 12월

李東震

(해누리 출판사 대표, 시인, 작가, 前 외교통상부 대사, 월간 착한이웃 발행인)

작품 해설 | 맥베드
The Tragedy of Macbeth

'맥베드'의 집필 연대는 1606년으로 추정된다. 이때 작가의 인간 통찰은 심오해지고 창작력은 절정에 달해 있을 무렵이다. 최초의 상연 연대는 알 수 없지만 여러 가지 점으로 미루어보아 1606년경으로 추정하고 있다. 최초의 인쇄판은 1623년 제일 2절판인데, 극장 대본의 사본에 의해 인쇄된 것으로 추정된다. 홀린셰드의 '스코틀랜드 사기'에서 맥베드가 던컨 왕을 시역하여 왕위를 찬탈해서 1020년~1057년까지 군림하다가 전왕의 아들한테 주살당하는 부분과, 도널드가 더프 왕을 시역할 때의 내적인 동향, 동기, 반응 등에 관한 사실의 기록을 자료로 하여, 이것을 토대로 삼아 셰익스피어는 맥베드의 세계를 필요 불가결한 운동 원칙을 지닌 세계로 인식하여 이 극을 각색한 것이다.

이 극의 주인공 맥베드는 상상력이 풍부하고 도의심이 희박한 도덕적 불구자요. 야욕에 불타는 잔학한 악인이면서 현세적인 보복이 두려워서 공포에 떠는 인물로, 얼핏 보기에 사납고 의심이 많은 인물같이 생각되기 쉽다. 그는 마녀들의 유혹에 동요되어 악으로 발을 내딛는 순간부터 한 국가에 비할 수 있는 그의 '인간성'은 내란이 벌어진 국가처럼 혼란에 빠져 기능은 정지되고, 환상에 사로잡혀 내적 갈등에 시달린다. 이들 부부가 공동 작전으로 시역을 감행할 때 찬탈한 왕관에는 평화와 민족이 아니라 공포와 고민의 무의미가 따라왔다. 따라서 그는 계속 극악 주인공이 정적들을 타도하고 국민 대중을 수탈, 유린하여 국가를 아비규환의 수라장으로 휘모는 그 폭군상은 차마 눈뜨고 볼 수 없을 정도이거니와 그는 어차피 붕괴 일로를 치달아 구원될 길이 없는 나락에 떨어지게 마련이지만, 그와 같이 영혼의 구원을 받지 못하고 절망 속에 죽고 마는 비극의 주인공보다 더 비참한 일은 없을 것이다. 그러나 이 악인이 쓰러짐과 동시에 그가 파괴한 국가 사회의 질서는 회복되고 선과 이성은 다시 움을 트기 시작한다. 대질서의 심판이 내린 것이다.

극은 대부분 밤의 암흑 속에서 진행된다. 이 암흑 안에서는 핏빛. 불빛 등이 번뜩이고, 거기에는 항시 악이 편재하고 있다. 이 암흑은 배경이라기보다 극의 공간적 분위기인 것이다. 악이 패하고 선이 찾아 올 무렵에서야 비로소 이 암흑은 거두어지게 마련이다. 그뿐 아니라, 극은 어리둥절한 의문과 풍문들이 주는 당혹 속에서 진행된다. 악의 화신이요, 주인공의 브레인 트러스트라고 할 마녀들의 예언도 불가해하고 불가사의하다.

이와 같은 분위기 속에서 함축적이고 폭력적인 용어의 거대 준엄한 어법을 써서 속력을 가지고 극은 진행된다. 그러므로 전체적 인상은 맹렬하고 집중적이다. 극중 인물들이 사상 감정을 표현하는 그 함축적인 심상들도 가득 차 있

다. 주인공을, 어울리지 않는 옷을 입은 사람에 비한 옷의 심상, 시역의 대가로 영광이 얻어지기는커녕 악몽에 시달리는 수면의 심상, 순리를 어기는 동물들, 천지의 이변과 징글맞은 동물들, 가치 판단을 전도하는 마녀 등등, 자연의 이의 역행을 표현하는 그러한 심상들은 맥베드 부처의 비인간적인 악의 행위를 더욱 효과적으로 돋보이게 할 뿐 아니라, 이 양자가 상호 유기적으로 결합하여 결국 이 극 전체의 공간적이고 분위기적인 주제로 조성해낸다. 던컨 왕은 맥베드의 역심을 간파하지 못했다. 맥베드의 미소 뒤에는 단도가 숨어있다. 이와 같이 외관과 실제 사이의 파행은 셰익스피어 극에서 되풀이되는 주제이다.

  악이 선을 상극하고 무질서가 질서를 파괴하는, 그러한 충돌상은 인간 사회의 보편적인 현상이다. 그러한 진부한 현상 중의 한 단면을 셰익스피어는 깊이 통찰하여 마치 지옥도를 우리 눈앞에 전개시키는 듯 그것을 연극적으로 탁월히 처리하였기 때문에, 이 극의 예술성은 영원한 것이다.

Macbeth

맥베드

(1606)

맥베드
The Tragedy of Macbeth

운명을 지배하는 세 자매가 손을 잡고 춤을 추며 빨리 빙빙 돈다.
세 자매는 단숨에 바다와 육지를 가로지르며 모두의 손을 잡고 이렇게 돌아라.
빙글빙글 돌아라. 네 몫으로 세 번, 내 몫으로 세 번, 그리고 또 세 번,
모두 합쳐서 아홉 번 돌자. 쉿! 마술은 걸렸다.
"자기가 왕이 되지는 못해도 왕들을 낳을 것이다.
그러므로 맥베드와 뱅코우 만세"

_ 세 마녀(1막 3장)

장소

스코틀랜드 Scotland 및 잉글랜드 England

등장 인물

던컨 왕 King Duncan	스코틀랜드 왕
맬컴 Malcolm	왕자
도날베인 Donalbain	왕자
맥베드 Macbeth	던컨 왕의 장군, 뒤에 스코틀랜드 왕
맥베드 부인 Lady Macbeth	
뱅코우 Banquo	던컨 왕의 장군
플리언스 Fleance	뱅코우의 아들
맥다프 Macduff	스코틀랜드의 귀족
맥다프 부인 Lady Macduff	
맥다프의 아들 Macduff's son	
레녹스 Lennox	스코틀랜드의 귀족
로스 Ross	스코틀랜드의 귀족
맨티스 Tybolt	스코틀랜드의 귀족
앵가스 Angus	스코틀랜드의 귀족
케이스네스 Caithness	스코틀랜드의 귀족
시워드 Siward	노덤벌런드 백작, 잉글랜드 군의 장군
젊은 시워드 Young Siward	시워드의 아들
시튼 Seyton	맥베드의 시종
부대장 Captain	던컨 왕의 군대의 부대장
문지기 Porter	맥베드의 성의 문지기
노인	
전의(典醫) Doctor	잉글랜드 왕실 의사
시의(侍醫) Doctor	스코틀랜드 왕실 의사
자객 세 사람 Three murderers	
헤커트 Hecate	지옥의 마녀, 마녀들의 여왕
마녀(魔女) 세 사람 Three witches	
환영(幻影)들	무장한 머리, 피 흘리는 아이, 왕관을 쓴 아이, 8명의 왕들의 출현 등

그 밖의 귀족들, 신사들, 장교들, 병사들, 시종들, 전령들

1막 1장

황야.

🌿 천둥과 번개. 마녀 셋이 등장한다.

마녀1	언제 우리 셋이 다시 만날까? 천둥 울릴 때, 번개 칠 때, 또는 비 올 때?
마녀2	법석이 끝나고 싸움에서 이기고 질 때.
마녀3	그건 해가 지기 전이 될 거야.
마녀1	장소는?
마녀2	그 들판.
마녀3	거기서 맥베드를 만나자.
마녀1	곧 갈게. 회색 고양이야!

마녀들 - 17세기 판화

마녀2	두꺼비가 부르는군.
마녀3	곧 갈게.
모두	아름다운 건 더럽고, 더러운 건 아름다워. 안개와 탁한 공기 속을 날아다니자. *(모두 퇴장한다.)*

1막 2장

포레스 Fores에 가까운 진영.

🌸 무기를 잡으라고 알리는 나팔소리가 안에서 들린다. 한쪽에서 던컨 왕, 맬컴, 도날베인, 레녹스, 시종들이 등장한다. 다른 쪽에서 부상당하여 피를 흘리는 부대장이 등장한다.

던컨 왕 저 피투성이가 된 사람은 누구냐? 저 모양으로 보아 저 사람은 반란군의 움직임을 알고 있을 것 같군.

맬컴 제가 포로가 될 뻔했을 때 훌륭한 용사답게 싸워서 위기를 구해준 게 바로 저 부대장이지요. 이 봐, 용사! 네가 보고 온 전투상황을 아는 대로 폐하께 보고해라.

부대장 사실 승패는 판가름하기 어려운 지경이었지요. 마치 헤엄치는 두 사람이 기진맥진한 채 서로 달라붙어 상대방의 헤엄칠 자유를 빼앗으려는 것과 같았지요. 잔인한 맥도널드 Macdonald는 인간의 온갖 악행을 모조리 한 몸에 지닌 역적인데, 서쪽 여러 섬의 민병대와 정규군으로 증원된 데다가 운명의 여신마저 그의 흉계에 미소를 던지며 역적의 정부(情婦)가 된 것처럼 보였지요. 하지만 어림도 없는 일이었지요. 용감한 맥베드 Macbeth 장군이 그 명성에 조금도 부끄럽지 않게 운명을 무시한 채 칼을 휘둘러 피 보라를 일으키는가 하면, 용맹함의 화신처럼 적진을 돌파한 다음 드디어 적장과 맞서게 되었지요. 그러자 그는 작별의 악수나 인사말을 할 여유조차 주지 않은 채 배꼽에서 턱까지 적장을 단칼에 갈라버리고

애그니스 샘슨과 마녀집회 _ 16세기 판화

        그 머리를 우리의 성벽에 매달아 놓았지요.

던컨 왕 오, 나의 용감한 친척! 참으로 훌륭한 인물이로구나!

부대장 하지만 해가 뜨는 동쪽에서 배를 난파시키는 폭풍과 무서운 천둥이 발생하는 것과 마찬가지로 기쁨이 솟는 듯이 보이던 바로 그 원천에서 불안은 끓어오르지요. 다름이 아니라, 폐하! 용기로 무장한 정의의 군대가 궤주하는 적병들을 추격하고 있을 때, 때마침 기회를 염탐하고 있던 노르웨이 왕이 신예 무기와 새로운 병력을 투입하여 급습해 왔지요.

던컨 왕 우리 군대를 지휘하는 맥베드와 뱅코우Banquo 두 장군은 겁내지 않았던가?

부대장 예, 독수리가 참새한테, 사자가 토끼한테 겁을 내는 격이었어요. 사실 두 분은 이중으로 탄약을 장전한 대포처럼 적에게 두 배의 공격을 가했지요. 피를 뿜는 상처에서 목욕을 할 작정이었는지, 또는 제2의 '해골의 언덕'을 기념으로 남겨 놓을 작정이었는지는

	저도 알 수가 없어요. 아이고, 저는 이제 정신이 몽롱해지고 상처가 아파서 견딜 수가 없군요.
던컨 왕	너의 보고는 상처에 못지않게 훌륭하고 장하다. 이 사람을 의사에게 데리고 가라. *(시종이 부대장을 부축하여 퇴장한다.)* 이리로 오는 저 사람은 누구냐?

❧ *로스와 앵가스가 등장한다.*

맬컴	로스의 영주군요.
레녹스	그는 얼마나 당황해 하는 기색인지요! 뭔가 심상치 않은 일을 거론할 것 같군요.
로스	국왕 폐하 만세!
던컨 왕	로스 영주, 어디서 오는 길인가?
로스	파이프 Fife에서 오는 길이지요. 폐하, 그곳에서는 노르웨이 군기들이 하늘을 뒤덮어 백성들의 간담이 서늘해졌지요. 노르웨이 왕은 저 대역적 코도 Cowdor 영주의 원조를 얻어 직접 대군을 거느리고 맹렬히 공격을 개시해 왔지요. 그러나 전쟁의 여신 벨로너 Bellona의 남편이라고도 할 저 맥베드 장군이 갑옷을 단단히 입은 채 용감히 맞서서 칼에는 칼로, 완력에는 완력으로 그의 오만 불손한 야욕을 봉쇄하여 마침내 승리는 아군에게 돌아오게 되었지요.
던컨 왕	참으로 다행한 일이야.
로스	그런데 지금 노르웨이 왕 스위노 Sweno는 평화조약의 체결을 요청하고 있지만, 아군은 성 콜미즈 인치 St. Colme's inch 섬에서 노르웨이 왕으로부터 일만 달러의 배상금을 받기 전에는 그쪽의 전사자의 매장조차 허락하지 않기로 되어 있지요.

던컨 왕	이제는 코더 영주가 짐을 더 이상 배신하지 못할 게야. 가서 곧 그에게 사형을 선고하시오. 그리고 그의 칭호를 가지고 맥베드를 영접해 주기 바라오.
로스	황공합니다.
던컨 왕	그놈이 잃은 것을 맥베드가 얻었지. *(모두가 퇴장한다.)*

황량한 들판.

🌺 *천둥. 마녀 세 명이 등장한다.*

마녀1	얘, 너 어딜 쏘다녔니?

마녀2	돼지를 죽이러 갔었어.
마녀3	넌?
마녀1	선원의 아내가 앞치마 자락에 밤톨들을 담아 놓고 마냥 아작아작 씹어 먹고 있었어. 내가 "좀 줘요"라고 했더니, "꺼져 버려, 마녀야!' 하고 그 뚱뚱한 년이 야단쳤어. 남편은 알레포 Aleppo에 가 있는데, 타이거 Tiger 호 선장이래. 하지만 난 체를 타고 바다를 건너가 꼬리 없는 쥐로 둔갑한 다음에 실컷 곯려주고 또 곯려줄 테야. 암, 골려주고 말고.
마녀2	내가 바람을 한 줄기 주겠어.
마녀1	고마워.
마녀3	나도 한 줄기 줄게.
마녀1	나머지 바람은 모조리 내 손아귀에 들어있어. 뱃사람의 항해지도에 나와 있는 곳이라면 내 바람들은 모든 구석구석에 빠짐없이 마음대로 불어 댈 수 있지. 그 년의 남편 놈을 건초같이 말려놓고 말 테야. 그 녀석 눈까풀 위에는 밤이고 낮이고 잠이 결코 깃들지 못할 게야. 저주받은 사람처럼 일곱 밤낮을, 구구는 팔십일, 여든 한 번 허덕이게 해서 그 놈이 수척하여 여위고 시들어 버리게 할 테야. 배를 파선시킬 순 없지만 폭풍에 시달리게 할 테야. 이걸 좀 보라고.
마녀2	어디 보자, 어디 봐.
마녀1	이건 귀로에 파선을 당한 수로 안내인의 엄지손가락이야. *(안에서 북소리.)*
마녀3	북소리다. 북소리야. 맥베드가 오는군.

🍀 *운명을 지배하는 세 자매가 손을 잡고 춤을 추며 빨리 빙빙 돈다.*

맥베드와 마녀들 _ 거니어 작

모두	단숨에 바다와 육지를 가로지르며 운명을 지배하는 세 자매, 손에 손을 잡고 이렇게 돌아라. 빙글빙글 돌아라. 네 몫으로 세 번, 내 몫으로 세 번, 그리고 또 세 번, 모두 합쳐서 아홉 번 돌자. 쉬! 마술은 걸렸어. *(모두 갑자기 춤을 멈추고 안개 속에 몸을 감춘다.)*

🍀 맥베드와 뱅코우가 등장한다.

맥베드	난 이렇게 나쁘고도 좋은 날은 처음 봤어요.
뱅코우	포레스까지는 얼마나 되지요? *(안개가 짙어진다.)* 아, 저것들은 뭔가? 저렇게 말라빠지고 옷차림이 괴상하니 지상에 살고 있는 것들 같지가 않아. 그런데도 저기 있지 않은가? *(마녀들에게)* 그래, 너

마녀 3명 : 앞으로 국왕이 될 맥베드, 만세!

희는 살아 있느냐? 인간과 말을 건넬 수 있느냐? 내 말을 알아듣는 지 튼 손가락을 다들 저마다 시들어 빠진 입술에 갖다 대는군. 여자같이 보이는데 수염이 나 있으니 도무지 알 수가 없어.

맥베드　말을 할 수 있다면 해봐라. 너희는 도대체 뭐냐?

마녀1　맥베드, 만세! 글래미스 Glamis 영주, 만세!

마녀2　맥베드, 만세! 코더 Cawdor 영주, 만세!

마녀3　앞으로 국왕이 될 맥베드, 만세!

뱅코우　장군, 왜 놀라는 거요? 듣기에도 솔깃한 일을 두려워하는 것처럼 보이는 이유는 뭐지요? (마녀들에게) 그런데 도대체 너희는 허깨비냐? 외형으로 보이는 그대로냐? 너희가 나의 동료를 현재의 칭호와 미래의 영달과 왕위의 예언으로 환영하니까 저분은 저렇게 어리둥절해진거야. 그래, 나에게는 아무 말도 안 해 줄 작정이냐?

너희가 시간의 씨앗들을 꿰뚫어 보고, 어느 씨가 자라고 어느 씨가 자라지 않을지 예언할 수 있다면, 자, 나에게 말을 해 봐라. 너희들의 호의를 간청하거나 증오를 두려워할 내가 아니야.

마녀1	만세!
마녀2	만세!
마녀3	만세!
마녀1	맥베드보다 못해도, 더 위대하지.
마녀2	맥베드만큼 운이 좋지 못해도, 훨씬 더 행운이 있지.
마녀3	자기가 왕이 되지는 못해도 왕들을 낳을 것이다. 그러므로 맥베드와 뱅코우 만세!
마녀1	뱅코우와 맥베드 만세! *(안개가 더 짙어진다.)*
맥베드	거기 서 있어. 말이 분명하지 않군. 좀 더 똑똑히 말해 봐라. 선친 사이널Sinel의 사망으로 내가 글래미스 영주가 된 건 알고 있지만, 코더 영주란 웬 말이냐? 코더 영주는 현재 엄연히 생존해 있어. 더구나 왕이 된다는 건 코더 영주가 된다는 것보다 더 믿지 못할 말이야. 도대체 어디서 그런 괴상한 소식을 들었느냐? 무엇 때문에 이 황야에서 우리의 길을 가로막고 이상한 예언으로 인사하는 거냐? 자, 말해 봐라. *(마녀들이 안개 속으로 사라진다.)*
뱅코우	물에 물거품이 있듯이 땅에도 거품이 있군요. 저것들이 그런 거품이지요. 어디로 사라져 버렸지?
맥베드	허공에 사라졌지. 형체가 있는 듯 보이더니 그만 입김처럼 바람 속으로 사라지고 말았군. 좀 더 붙잡아 두고 싶었지요.
뱅코우	그것들이 실제로 우리 눈앞에 나타났던가요? 아니면, 우리가 광중의 풀을 먹고 이성이 마비된 건 아닌지요?
맥베드	당신의 자손들은 왕들이 될 거라는군요.

맥베드, 뱅코우, 마녀들 - 16세기 판화

뱅코우 당신 자신은 왕이 될 거라는군요.

맥베드 게다가 코더 영주도 된다고 했지요. 그랬잖아요?

뱅코우 확실히 그렇게 말했지요. 그런데 저건 누굴까요?

　　🍂 로스와 앵가스가 등장한다.

로스 맥베드 장군, 국왕 폐하께서는 장군의 승전 소식을 기쁘게 받아들이셨지요. 더욱이 반란군과 맞서서 장군이 몸소 분투한 내용을 읽으시고는 경탄과 찬양이 교차하는 착잡한 심정이 되었는데, 이 경탄과 찬양 가운데 어느 쪽이 장군의 것인지 어느 쪽이 폐하 자신의 것인지 분간하지도 못할 지경이었지요. 그래서 오직 묵묵히 다음 전황을 훑어보신 결과, 장군이 완강한 노르웨이 군대의 진지로 쳐들어가서 닥치는 대로 시체의 산을 쌓으면서도 조금도 두려워하는 기색이 없었다는 사실을 아셨지요. 그리고 빗발같이 잇달아

	들어오는 전령들은 장군이 폐하의 왕국의 방어를 위해 세운 공적을 모두 이구동성으로 어전에서 찬양했지요.
앵가스	우리 두 사람은 폐하의 치하의 말씀을 전하고 장군을 어전으로 안내하러 왔을 뿐이지요. 포상에 관해서는 따로 분부가 계실 거요.
로스	앞으로 더 큰 영예를 수여하실 약속의 징표로 폐하께서는 장군을 코더 영주라고 부르라는 분부를 제게 했지요. 그러므로 축하드립니다, 코더 영주 각하.
뱅코우	아니, 마귀의 말이 맞을 수가 있나?
맥베드	코더 영주는 생존해 있어요. 왜 남의 옷을 빌려다가 나에게 입히려는 거요?
앵가스	코더 영주였던 그가 아직 살아있기는 하지만 폐하의 엄벌로 목숨을 잃게 되어 있지요. 그가 과연 노르웨이 군과 결탁했는지, 또는 원조와 편의를 몰래 반란군에게 제공했는지, 아니면 이 두 가지 수단을 모두 동원해서 우리 왕국의 파멸을 도모했는지 저로서는 알 수가 없어요. 하지만 대역죄는 자백을 받았고 명백히 규명되어 그는 몰락하고 말았지요.
맥베드	(방백) 글래미스와 코더의 영주라. 이젠 제일 큰 게 남아 있군. (로스와 앵가스에게) 아, 수고가 많았어요. 고마워요. (뱅코우에게) 당신은 자기 자손들이 왕들이 되기를 원하지 않는 거요? 나에게 코더 영주의 지위를 가져다준 저것들이 당신 자손들에게도 마찬가지로 그런 약속을 했는데 말이요.
뱅코우	그들의 말을 곧이들으시면 당신은 코더 영주에 이어서 왕관까지도 욕심을 내게 될는지도 모르지요. 어쨌든 이상한 일이군요. 그리고 암흑의 끄나풀들은 우리를 해치려고 할 때, 흔히 하찮은 진실들을 가지고 유혹하며 참으로 중대한 일에 관해서는 우리를 배

반하지요. *(따로 떨어져서 대화하는 로스와 앵가스에게)* 두 분은 잠시 이리로 좀 와주세요. *(로스와 앵가스가 뱅코우 쪽으로 다가선다.)*

맥베드 *(방백)* 두 가지는 맞았어. 그것들은 국왕의 자리를 주제로 삼은 웅장한 연극의 근사한 머리말들이야. *(큰 소리로 로스와 앵가스에게)* 두 분에게 감사드리지요. *(방백)* 이 이상야릇한 유혹은 불길한 징조도, 상서로운 징조도 될 수가 없어. 단일 불길한 징조라면, 먼저 진실을 보여주고 나서 미래의 성공을 보증할 리는 없지 않은가? 나는 코더 영주인 게야. 만일 상서로운 징조라면, 왜 내가 그런 유혹에 빠진단 말인가? 그 무서운 환상에 나의 머리카락은 곤두서고, 안정된 나의 염통은 늑골을 쿵쿵 치며, 내 심정도 평소와 다르지 않은가? 마음속의 공포에 비하면 눈앞의 불안 따위는 문제도 아니야. 아직은 공상에 불과하다 해도 살인이란 생각이 나의 약한 인간성을 하도 뒤흔들어 대는 바람에 나의 심신의 기능은 망상 때문에 마비되고, 환상밖에는 아무것도 눈앞에 보이지가 않아.

뱅코우 저걸 좀 보세요. 나의 동료가 멍하니 정신을 차리지 못하고 있는 걸 말이요.

맥베드 *(방백)* 만일 행운 덕분에 내가 왕이 될 것이라면, 그야 내가 가만히 있어도 행운은 나에게 왕관을 씌워 줄 거야.

뱅코우 새로운 영예는 저 사람에게 부여되었지만 우리에게 친숙하지 않은 새 옷처럼 그의 몸에 잘 맞지 않아요. 한참 동안 입고 있으면 맞게 될 거요.

맥베드 *(방백)* 제기랄, 될 대로 되라지. 아무리 험한 날이라 해도 시간은 지나가지.

뱅코우 맥베드 장군, 이젠 가보실까요?

맥베드로 분장한 19세기 배우 매크레디 W.C. Macready

맥베드 아, 미안해요. 난 잊어버렸던 일을 멍하니 돌이켜 생각해보고 있었지요. 아, 두 분의 수고는 마음속에 명심해둔 채 날마다 살펴볼 작정이지요. 자, 국왕 폐하를 뵈러 갑시다. *(뱅코우에게 방백)* 오늘 일은 잊지 말아요. 잘 생각해 두었다가 훗날 서로 속을 털어놓고 얘기해 봅시다.
뱅코우 잘 알았어요.
맥베드 오늘은 이만하고 말이오. 자, 갑시다. *(모두 퇴장한다.)*

포레스, 궁전의 어느 홀.

🌸 *나팔 소리. 던컨 왕, 맬컴, 도날베인, 레녹스, 시종들이 등장한다.*

던컨 왕   코더의 사형은 집행됐는가? 사형 집행관은 아직 돌아오지 않았는가?

맬컴   예, 아직 돌아오지 않았어요. 하지만 처형을 목격한 사람의 말을 제가 들은 대로 전해 드리자면, 코더는 반역죄를 매우 솔직히 고백했고, 폐하의 사면을 간청했으며 깊이 뉘우쳤다고 해요. 더욱이 그가 취한 마지막 태도는 전 생애를 통하여 가장 훌륭한 것이었다지요. 마치 죽는 방법의 연구를 해두기라도 한 듯이 소중한 생명을 하찮은 지푸라기처럼 버리고 태연히 세상을 떠났다는군요.

던컨 왕   얼굴만으로는 사람의 마음속을 알아볼 길이 없어. 그는 나의 절대적인 신임을 받은 인물이었는데 말이야.

🌸 *맥베드, 뱅코우, 로스, 앵가스가 등장한다.*

던컨 왕   오, 훌륭한 나의 친척이여! 지금도 짐은 장군의 공적에 보답하지 못한 잘못 때문에 번민하던 중이오. 장군이 하도 멀리 앞서가고 있는 바람에 아무리 빠른 날개들을 가진 포상이라 해도 장군을 따라잡기에는 느릴 뿐이오. 차라리 장군의 공적이 좀 더 적었더라면 짐은 그에 상응하는 감사와 포상을 모두 할 수 있었을 거요. 결국

	장군의 공로는 너무나도 커서 어떠한 포상도 충분할 수 없다는 말밖에 짐은 달리 할 말이 없소.
맥베드	봉공과 충성은 저의 의무며 의무를 이행하는 것 자체가 보상이지요. 폐하께서는 저희들의 의무 이행을 기꺼이 받아주시면 되고요. 저희는 국왕의 신하, 국가의 충복으로서 의무를 이행하는데, 오직 폐하의 은총과 명예를 명심하여 마땅히 만사에 충성을 다할 따름이지요.
던컨 왕	잘 왔어요. 이번에 장군에게 새 지위를 심어 놓았으니 그것이 충분히 성장하도록 짐도 진력할 거요. *(뱅코우에게)* 아, 뱅코우, 그대의 공로도 못지않아요. 세상은 이를 마땅히 인정해야만 하지요. 자, 그대를 이 가슴에 꼭 안게 해주시오. *(뱅코우를 껴안는다.)*
뱅코우	폐하의 품에서 제가 성장한다면 그 수확은 폐하의 것이지요.
던컨 왕	기쁨은 한없이 넘쳐흘러 도리어 슬픔의 눈물 속에 숨고 싶어 하는군. 왕자들, 왕실의 친척들, 영주들, 그리고 나의 가장 가까운 측근들이여, 짐은 맏아들 맬컴을 세자로 삼으며 지금부터 컴벌랜드 공 Prince of Cumberland이라고 부르겠소. 물론 이 영광은 세자 홀로 차지할 것이 아니라, 이를 기회로 영예의 표장(標章)들이 모든 공신들 위에서 별처럼 빛날 거요. *(맥베드에게)* 그럼 이제부터 짐은 장군의 인버네스 Inverness 성에 가서 또 수고를 끼쳐야겠소.
맥베드	폐하께 봉공하기 위한 휴식이 아니라면, 그것은 도리어 고통이지요. 저는 선발대원으로서 폐하의 행차를 알려 아내를 기쁘게 해주겠어요. 그럼 이만 물러가겠어요.
던컨 왕	훌륭하군요, 코더 영주!
맥베드	*(방백)* 컴벌랜드 공이라니! 그것은 나의 앞길을 가로막고 있기 때문에 내가 발을 헛디더서 쓰러지거나, 아니면 훌쩍 뛰어넘어야만

포레스 궁전 _ 케니 메도우스 작

|던컨 왕| 하는 한 계단이야. 별들아, 빛을 감추어라! 빛은 나의 지옥같이 시커먼 야망을 보지 말며, 눈은 손이 하는 짓을 보지 마라. 에잇, 단행하기로 하자. 결과를 눈이 보면 질겁할 그 일을 말이야. *(퇴장한다.)*
뱅코우, 정말 그렇소. 맥베드 장군은 참으로 용감한 위인이지요. 그 사람을 칭찬하는 소리를 들으면 짐은 잔치에 참석한 듯이 만족해요. 그의 뒤를 따라서 갑시다. 그는 저렇게 염려하여 자기가 먼저 가서 환대할 준비를 하겠다는 거요. 과연 내 친척 중에 둘도 없이 훌륭한 사람이지요. *(나팔 소리. 모두 퇴장한다.)*

1막 5장

인버네스. 맥베드의 성의 어느 홀.

🌿 맥베드 부인이 편지를 들고 등장한다.

맥베드 부인 *(편지를 읽는다.)* '내가 그들을 만난 건 개선하던 날이었지요. 완전히 신뢰할 만한 정보에 의해 나중에 알았지만, 그들은 인간의 지식 이상의 불가사의한 것을 지닌 자들이지요. 좀 더 자세히 캐묻고 싶은 욕심이 불타올랐지만 그들은 갑자기 허공으로 사라져 버렸지요. 그래서 나는 놀라움에 못 이겨 멍하니 서 있었는데, 그때 마침 국왕의 전령들이 오더니 나를 '코더 영주'라고 부르면서 축하해주었다고요. 그보다 먼저는 운명의 마녀들이 이 칭호로 나에게 인사했고, 미래에 관해서는 "머지않아 왕이 되실 분, 만세!" 하고 예언했던 거요. 출세의 동반자며 가장 친애하는 당신에게 이 일을 알리는 것이 좋겠다고 내가 생각한 이유는 미래에 약속된 영광을 당신이 전혀 모르고, 따라서 마땅히 누릴 기쁨을 잃어서는 안 된다고 생각했기 때문이지요. 이 일을 명심해 둬요. 그럼 이만 줄이겠소.'

당신은 글래미스 영주와 코더 영주가 되었군요. 그러니 예언된 지위도 차지하게 될 거예요. 하지만 당신의 천성이 염려가 되는군요. 당신은 원래 인정의 우유가 너무 많아서 가장 **빠른** 지름길을 취하지 못해요. 당신은 출세욕도 있고, 야심도 없는 건 아니지만, 출세에 필요 불가결한 잔인성이 없어요. 높은 지위를 탐내면서도

신성하게 차지하려고 하는가 하면, 나쁜 짓은 하기 싫지만 어떻게 해서라도 그것을 얻고 싶어 하지요. 글래디스 영주님, 당신이 소원하는 것, 그건 이렇게 외치고 있어요. '이것을 원한다면 이렇게 단행하라.' 고 말이에요. 그런데 당신은 단행하고 싶지 않다기보다는 단행하기를 두려워하는 거예요. 빨리 여기 돌아오세요. 저의 결심을 당신 귀에 부어 넣어 드릴게요. 그리고 당신이 황금의 관을 쓰지 못하게 방해하는 것을 모조리 나의 혀의 힘으로 물리쳐 버릴게요. 지금 운명과 마력은 협력하여 그 금관을 당신 머리 위에 씌워 주려는 것 같으니까요.

🌸 *전령이 등장한다.*

맥베드 부인 무슨 소식이냐?
전령 국왕께서 오늘 밤 이곳에 행차하십니다.
맥베드 부인 미친 수작 마라! 영주님은 폐하를 수행하고 있지 않느냐? 수행 중이라면, 준비하라고 미리 기별이라도 있었을 게야.
전령 죄송하지만 사실이에요. 영주님도 지금 돌아오시는 중이지요. 제 동료 한 명이 영주님을 앞질러 방금 도착했는데, 숨이 넘어갈 듯 하면서 간신히 소식을 전했다고요.
맥베드 부인 잘 보살펴 주어라. 굉장한 소식을 전해 주었으니까. *(전령이 퇴장한다.)* 까마귀마저 목이 쉬어 울어대는군. 던컨 왕이 죽으러 이 성으로 들어온다고 말이야. 자, 살인할 생각을 돕는 악령들아, 나의 이 여자의 마음을 없애버린 다음, 이 머리 꼭대기에서 발끝까지 무서운 잔인성으로 가득 채워라! 그리고 나의 온몸의 피를 진하게 만들어 후회에 이르는 통로를 틀어막고, 연민의 정이 흉악한 계획을 동요시키지 못하게 하며, 그리고 실행과 계획 사이에 타협이 끼어들지 못하게 하라! 자, 살인의 끄나풀들아, 내 품에 안겨서 담즙 대신 내 젖을 빨아라. 너희는 눈에 보이지 않는 실체를 지닌 채 사방에서 인간의 재앙을 부채질하지 않는가! 짙은 밤이여, 어서 와서 너 자신을 지옥의 시커먼 연기로 둘러싸라. 나의 예리한 칼이 낸 상처를 칼 자신이 보게 되어선 안 되니까. 그리고 하늘이 암흑의 장막 사이로 들여다보면서 '안 돼, 안 돼!' 하고 소리치면 안 되니까.

🌸 *맥베드가 등장한다.*

맥베드 부인	글래미스 영주님! 코더 영주님! 장래에는 이보다 더 훌륭하게 되실 어른이여! 당신 편지로 저는 이 미지의 현재를 넘어 몸과 마음이 황홀경에 들어가서 미래를 느껴요.
맥베드	여보, 던컨 왕이 오늘 밤 이곳에 행차할 거요.
맥베드 부인	그러면 언제 이곳을 떠나시나요?
맥베드	그는 내일 떠날 작정이지요.
맥베드 부인	아, 태양은 영원히 그 내일을 보지 못할 거예요! 영주님, 당신 얼굴은 수상한 내용이 적혀진 책과 같아요. 세상을 속이려면 세상 사람들과 똑같은 표정을 짓고, 당신의 눈, 당신의 손, 당신의 혀로는 환영의 뜻을 나타내세요. 겉으로는 순진한 꽃처럼 보이지만, 그 밑에 숨은 독사가 되세요. 찾아오는 손님은 맞아들여야 하지요. 오늘 밤 큰일은 제게 맡기세요. 성공하면 앞으로 평생 동안 밤낮을 가리지 않고 왕권과 지배력은 우리 차지예요.
맥베드	나중에 더 의논합시다.
맥베드 부인	그저 명랑한 표정만 지으세요. 수상한 표정은 무엇인가 두려워하는 증거가 되지요. 나머지는 모두 제게 맡기세요. *(모두 退場한다.)*

1막 6장

같은 장소. 맥베드의 성 앞.

🌸 오보에 소리와 함께 던컨 왕, 맬컴, 도날베인, 뱅코우, 레녹스, 맥다프, 로스, 앵가스, 시종들이 등장한다.

던컨 왕   이 성은 좋은 곳에 자리를 잡고 있군. 공기는 맑고 감미로우며 짐은 기분이 참 상쾌하오.

뱅코우   흔히 성당을 찾아다니며 둥지를 트는 저 여름철의 손님인 제비가 저렇게 둥지를 튼 것을 보니, 이 일대는 하늘의 미풍이 향기로운 모양이군요. 추녀 끝, 서까래 옆, 벽 받침, 그 밖의 편리한 구석구석 어디에나 제비는 둥지를 틀어 새끼를 치게 마련이지요. 저것들이 모여들어 새끼를 치는 곳 치고 공기가 상쾌하지 않은 곳은 없어요.

🌸 맥베드 부인이 등장한다.

던컨 왕   이런, 이런! 이 댁의 안주인이시군! 호의가 때로는 귀찮을 수도 있지만 역시 호의니까 감사하게 마련이지요. 그러니 부인은 부인에게 수고를 끼치는 짐을 위하여 신의 축복을 빌고, 귀찮게 하는 짐에게 감사해야 하는 거요.

맥베드 부인   왕실에 대한 저희들의 봉사는 그 하나하나를 두 배로 하고 다시 또 두 배로 한다 해도, 폐하께서 저희 집에 내리신 넓고 깊은 영예에 비하면 오직 빈약하고 하찮을 뿐이에요. 종전의 작위에다 이번에 또 작위를 더해주셨으니, 저희는 이 은혜에 대해 언제까지나 폐하의 안녕을 비는 은둔 수도자의 역할을 하겠어요.

던컨 왕 코더 영주는 어디 있지요? 짐은 즉시 그의 뒤를 따라 갔는데 먼저 도착하여 그를 맞이할 역할을 할 작정이었지요. 그러나 그는 워낙 승마에 뛰어난데다가 충성심은 박차처럼 날카로워서 결국 짐보다 먼저 도착하고 말았다고요. 아름답고 기품 있는 부인, 오늘 밤 짐은 댁의 손님이 될 거요.

맥베드 부인 폐하의 하인들인 저희는 가신들, 저희 자신, 재산 등 모든 것을 폐하의 분부가 계시면 언제라도 청산하여 도로 바치겠어요.

던컨 왕 자, 손을 이리 내미시오. 짐을 주인에게 안내하시오. 짐은 그를 극진히 사랑하며 앞으로도 계속 호의를 베풀겠소. 그럼 실례하겠소, 부인. *(왕은 맥베드 부인의 손을 잡고 성으로 들어간다.)*

1막 7장

맥베드의 성 안뜰.

🌿 야외. 안쪽 좌우에 입구. 왼쪽 입구는 성문으로 통하고, 오른쪽 입구는 성 안의 방으로 통한다. 이 좌우의 입구 사이의 정면 안쪽에는 커튼이 쳐진 제3의 입구가 있고 반쯤 열린 이 커튼 사이

연회 준비 _ 유수터스 새들러 작

로 안쪽 방의 내부가 보이는데, 거기에는 이층으로 통하는 계단이 있고, 이 계단 전면 벽 앞에는 의자와 탁자가 놓여 있다. 오보에 소리와 횃불. 하인들의 우두머리가 접시, 식기 등을 든 하인들을 지휘하여 무대를 가로질러 간다. 이들이 오른쪽 입구를 출입할 때마다 안에서 축하연회 소리가 떠들썩하게 새어나온다. 이윽고 이 출입문에서 맥베드가 등장한다.

맥베드   단행해서 일이 끝나기만 한다면 당장 단행하는 것이 좋을 게야. 암살이 그 이후의 사태를 완전히 장악하고, 왕의 죽음으로 일이 종결된다면, 그리고 또 이 일격으로 모두 해결만 된다면, 현세, 그렇다, 시간의 이쪽 둑과 여울인 현세만으로 끝난다면, 내세 따위는 무시해 버릴 수도 있겠지. 하지만 이런 일은 반드시 현세에서 심판을 받게 마련이야. 글쎄, 잔인한 짓의 본보기를 보여 주면 다른 사람들이 그것을 배운 다음에 가르친 자에게 되갚아 주게 마련이야. 이 공정한 정의의 손은 독배(毒杯)를 마련한 그 장본인의 입에 그 독을 퍼부어 넣거든. 왕은 이곳을 이중으로 믿고 있지. 첫째, 나는 그의 친척이자 신하니까 어느 모로 봐도 국왕을 살해하는 일은 반대해야 마땅하지. 둘째, 나는 이곳의 주인이니 문을 닫고 암살자를 막아야 옳지, 나 자신이 칼을 들어서는 안 되지. 게다가 국왕은 대권의 행사가 극도로 온화하고 국정의 수행에 전혀 오점이 없으니, 지금 그를 죽이면 평소의 그의 덕망은 천사들이 부는 나팔처럼 국왕 살해의 대역죄를 극심하게 규탄할 거야. 그리하여 연민의 정은 질풍을 걸터탄 벌거숭이 갓난애처럼, 또는 눈에 보이지 않는 천마에 걸터앉은 천사처럼 이 참혹한 범죄를 모든 사람들의 눈 속에 불어넣어 폭풍도 가라앉힐 정도의 눈물이 억수같이 쏟아지게 할 거야. 나는 내 계획의 옆구리에 자극을 줄 박차도 없고, 있는 것이라곤 날뛰는 야심뿐이야. 야심도 도가 지나치면 도리어 저편으로 나가떨어지고 말지.

🌸 맥베드 부인이 등장한다.

맥베드	웬 일이요? 무슨 소식이 있는 거요?
맥베드 부인	왕은 식사가 거의 끝나가요. 당신은 왜 자리를 떴어요?
맥베드	왕이 나를 부르셨나?
맥베드 부인	그래요. 당신은 그걸 모른단 말이에요?
맥베드	이 일은 더 추진하지 맙시다. 이번에 왕은 나에게 영예를 내렸어요. 게다가 나는 각계각층의 사람들로부터 황금 같은 인기를 얻었지요. 새로운 광채가 뻗칠 때, 나는 그걸 지금 몸에 지녀 보고 싶다

고요. 일부러 팽개쳐 버릴 필요는 없는 거요.

맥베드 부인   그러면 지금까지 당신이 품고 있던 희망은 술에 취해 내내 잠을 자고 있었나요? 그리고 이제야 잠에서 깨어나 지금까지는 대담하게 처다보던 것을 파랗게 질린 얼굴로 처다보는 건가요? 이제부터는 저도 당신 애정이 그런 것인 줄로 알겠어요. 당신은 마음속으로는 바라면서도 용감하게 행동으로 나타내기에는 겁이 나는 거지요? 인생의 꽃이라고 당신 자신도 생각하는 그것을 갖고는 싶으면서도 스스로 병신같이 생각되는 일생을 앞으로 살겠단 말인가요? 속담의 저 고양이처럼 '탐은 난다만' 그러나 '안 되지' 하고 말겠단 말이지요?

맥베드   여보, 좀 조용히 해요. 인간다운 짓이라면 난 뭐든지 할 거요. 그러나 그 이상의 짓을 하는 놈은 인간이 아니라고요.

맥베드 부인   그렇다면 당신이 이 계획을 제게 알리도록 시킨 건 무슨 짐승이었어요? 당신은 이 일을 결심했을 때에는 훌륭한 대장부였어요. 그러니 그때 이상의 존재가 된다면 한층 더 대장부답게 되지요. 그때는 시간과 장소가 유리하지 않았는데도 당신은 억지로라도 그 일을 하려고 결심했어요. 이제는 이 두 가지가 다 구비되고 기회가 익었는데 당신은 그만 풀이 죽어 버리는군요. 저는 젖을 먹여 보아서 자기 젖을 빠는 아기가 얼마나 귀여운지 알고 있어요. 하지만 갓난것이 엄마 얼굴을 보고 방글방글 웃고 있다 해도, 이가 없는 잇몸에서 젖꼭지를 잡아 빼어 아기 머리통을 박살낼 수 있어요. 당신이 이 일을 하겠다고 맹세한 것처럼 저도 그렇게 맹세했다면 말이에요.

맥베드   만일 우리가 실패한다면?

맥베드 부인   우리가 실패한다고요? 용기를 쥐어짜내면 우린 실패하지 않을 거

맥베드 부인으로 분장한 19세기 배우
_ 존 S. 사전트 작

예요. 왕이 잠들면, 어쨌든 낮의 고된 여행 때문에 곤하게 잠이 들 테니까, 그의 침실을 지키는 두 명은 제가 포도주로 녹여 놓겠어요. 그러면 두뇌의 파수꾼인 기억력은 수증기처럼 몽롱해지며, 이성의 그릇은 증류기에 불과하게 되죠. 이렇게 두 사람이 죽은 듯이 취해 쓰러져서 돼지처럼 잠에 곯아떨어지면, 당신과 저는 둘이서 무슨 짓인들 못하겠어요? 상대는 무방비 상태인 던컨 왕 혼자뿐이잖아요! 그리고 국왕 살해의 대역죄는 만취한 그 두 명에게 뒤집어씌울 수 있잖아요?

맥베드   사내애들만 낳아요! 당신의 대담한 기질로는 사내애들밖에는 만들지 않겠다고. 그건 그렇고, 자고 있는 그 두 명에게 피를 칠해주

고 칼도 그들의 단도를 사용한다면 결국 그들이 한 짓이라고 여겨질 게 아닌가?

맥베드 부인 누가 감히 달리 생각하겠어요? 더구나 우리 내외는 왕의 죽음에 대해 대성통곡할 텐데 말이에요.

맥베드 나는 결심했어요. 그리고 온몸의 힘을 총동원하여 이 무서운 일을 단행하겠다고요. 자, 들어가서 좋은 표정으로 가장합시다. 마음속의 허위는 가면으로 숨길 수밖에 없는 거요. *(축하연회의 자리로 다시 들어간다.)*

같은 장소.

🌿 한두 시간 뒤. 안쪽 입구에서 뱅코우가 등장한다. 그의 아들 플리언스는 횃불을 들고 부친을 안내한다. 두 사람은 입구를 닫지 않은 채 무대 정면으로 나온다.

뱅코우 애야, 밤이 얼마나 깊었느냐?
플리언스 *(하늘을 쳐다보며)* 달은 졌는데 시계 치는 소리는 못 들었어요.
뱅코우 달은 밤 열두 시에 지는 거야.
플리언스 제 생각엔 밤 열두 시는 지난 것 같아요.
뱅코우 자, 내 칼을 좀 들고 있어라. 하늘은 참 인색하군. 하늘의 촛불들이 모두 꺼져버렸으니까. *(단검이 걸려 있는 혁대를 풀어서 아들한테 맡긴다.)* 이것도 좀 받아라. 졸음의 호출이 무거운 납처럼 엄습해 오지만 난 잠들고 싶지는 않아. 인자한 천사들이여, 제발 망상을 억제해 달라. 잠이 들면 살그머니 찾아오는 망상을! *(인기척에 깜짝 놀라며)* 얘, 칼을 이리 내라. *(칼을 받아든다.)*

🍀 오른쪽 입구에서 맥베드와 횃불을 든 하인이 등장한다.

뱅코우 거기 누구요?
맥베드 친구요.
뱅코우 아니, 아직 안 주무신 거요? 폐하께서는 이미 침실에 드셨어요. 그리고 매우 만족하셨으며, 댁의 하인들에게도 많은 선물을 하사하셨지요. 그리고 이 다이아몬드는 극진한 환대를 해준 안주인, 장군의 부인에게 내리신 선물이고. 어쨌든 폐하께서는 무한히 만족스러운 하루를 보내신 모양이군요.
맥베드 불시에 닥친 일이라서 만사가 여의치 않고 부족한 것뿐이었지요. 시간의 여유만 있었더라도 충분히 환대할 수 있었을 텐데 말이지요.
뱅코우 만사가 다 잘되었어요. 나는 저 운명의 세 마녀를 어젯밤 꿈에서 봤지요. 그들이 한 말이 장군에게는 일부 실현되었군요.

맥베드	아, 나는 깜빡 잊고 있었군. 하지만 한 시간쯤 여유가 있다면 그 일에 관해서 같이 좀 상의하고 싶은데, 당신 형편은 어떤지요?
뱅코우	언제든지 좋아요.
맥베드	시기가 왔을 때 나를 지지해 준다면 당신에게도 보답이 돌아갈 거요.
뱅코우	선불리 영예를 더하려다가 도리어 잃고 마는 것만 아니라면, 또한 언제까지나 마음의 결백을 유지하며 충성에 결함만 생기지 않는 일이라면, 저는 언제든지 상의에 응할 거요.
맥베드	그럼 편히 쉬세요!
뱅코우	감사해요. 장군도 편히 쉬세요! *(뱅코우와 플리언스가 자기들 방으로 퇴장한다.)*
맥베드	여봐라, 가서 안주인에게 알려라. 내가 마실 술이 마련되면 종을 치라고 말이야. 그리고 너는 가서 자라. *(하인이 퇴장한다. 맥베드가 탁자 옆에 앉는다. 그러자 돌연히 단검의 환상이 보인다.)* 아, 칼자루를 내 손으로 향한 채 내 눈앞에 나타난 저건 단검이냐? 자, 잡아 보자. 잡히지 않는군. 그래도 내 눈에는 보이는군. 치명적인 환상 같으니. 이놈, 실체가 없느냐? 눈에는 보이면서 손에는 잡히지 않는 것이냐? 아니면 마음의 단검, 열에 들뜬 머리에서 날조된 공상의 산물이냐? 그대로 눈에 보이는군. 지금 내 손에 빼어 쥔 실물의 단검같이 똑똑히 말이야. 그래, 네가 길을 안내하겠단 말이지. 나는 너 같은 연장을 쓸 작정이야! *(일어선다.)* 모든 감각 중에서 내 눈만 바보란 말이냐? 아니면 눈만 멀쩡한 거냐? 아직도 보이는군. 이제는 칼날과 칼자루에 피가 엉겨 있어. 아까는 안 그랬는데. 아, 사라졌어. 잔인한 짓을 계획하니까 저런 게 눈에 어른거리는 거야. 지금 세계의 절반에서는 만물이 죽은 듯하고, 장막이 내

린 잠은 악몽에 시달리고 있어. 그리고 마녀들은 파리한 헤커트 여신에게 제사를 드리고 있고, 말라빠진 자객은 자기 파수꾼인 늑대의 울부짖음에 잠이 깨어, 이렇게 살금살금 로마의 정숙한 여자를 능욕하러 간 타퀸Tarquin의 걸음으로 목표를 향하여 유령처럼 가지. 요지부동한 대지여, 나의 발이 어디를 향하든 발걸음 소리를 듣지 마라. 바로 너의 돌들이 내가 있는 곳을 소문내서 지금의 이 안성맞춤인 처참한 정적을 파괴해서는 안 되니까. 이렇게 내가 입으로 위협해 보았자 왕은 죽지 않아. 말은 실행의 열의에다 차디찬 바람을 불어 줄 뿐이야. *(신호의 종소리.)* 자, 가야지. 내가 가면 일은 끝나. 종소리가 나를 부르는군. 던컨, 저 종소리를 듣지 마라. 저건 널 천국 아니면 지옥으로 불러들이는 조종(弔鐘)인 게야. *(열려 있는 후면 입구로 발소리를 죽여 살금살금 들어가서 한 발 한 발 계단을 올라간다.)*

같은 장소.

🍀 맥베드 부인이 술잔을 들고 오른쪽 입구에서 등장한다.

맥베드 부인 왕의 침실을 지키는 두 명을 취하게 한 이 술로 나는 대담해졌어.

종치는 사람 _ 16세기 판화

술로 그놈들은 생명의 불이 꺼지고 나는 불이 붙었어. *(멈칫한다.)* 아! 쉿! 올빼미 우는 소리였군. 사형 집행을 알리는 야경꾼처럼 처참하게 '안녕히 가세요.' 하고 알리는군. 그이는 지금 단행하는 중이신가 보군. 문은 열려 있어. 만취한 저놈들은 자기 직책도 잊은 채 코만 드르렁드르렁 골고 있어. 저녁술에 약을 탔더니 죽음과 삶이 저놈들을 둘러싸고 싸우고 있지. 저놈들을 살릴까, 죽일까 하고 말이야.

맥베드 *(안에서)* 누구냐? 이 봐라!

맥베드 부인 아니! 일이 끝나기도 전에 침실을 지키는 저놈들이 잠이 깬 건 아닐까? 시도하다가 실패하면 우리는 영영 파멸이야. 쉿! 저놈들의 단검은 두 자루 다 내가 내다 놓았으니까 설마 그이가 못 찾지는 않겠지. 자고 있는 왕의 얼굴이 우리 아버지와 닮지만 않았더라도 내가 해치웠을 게야.

🍀 부인이 계단으로 올라가려는 듯이 돌아서자, 맥베드가 이층 입

구에서 나타난다. 그의 두 팔은 피투성이가 되고 왼손에는 두 자루의 단검이 쥐어 있다. 그는 휘청거리며 내려온다.

맥베드 부인　여보!
맥베드　　　(중얼대는 소리) 해 버렸어. 무슨 소리 못 들었나?
맥베드 부인　올빼미 우는 소리가 들렸어요. 귀뚜라미 소리도 들렸고. 당신은 뭔가 말을 했나요?
맥베드　　　언제?
맥베드 부인　바로 지금요.
맥베드　　　내가 계단을 내려올 때 말인가?
맥베드 부인　그래요.

맥베드 : 해 버렸어. 무슨 소리 못 들었나?

맥베드	쉿! *(두 사람이 귀를 기울인다.)* 옆방에서 자고 있는 사람은 누군가?
맥베드 부인	도날베인이지요.
맥베드	*(오른손을 펴 보며)* 이 무슨 비참한 꼴인가!
맥베드 부인	비참한 꼴이라니요? 그건 어리석은 생각이에요.
맥베드	잠결에 한 놈은 웃고, 한 놈은 '살인이야!' 하고 소리쳤어. 그래서 두 놈이 서로 잠을 깨웠어. 나는 가만히 서서 엿듣고 있었지. 그러나 놈들은 기도를 중얼거리고 나서 다시 잠이 들어 버렸지.
맥베드 부인	그 두 사람이 같이 자고 있어요.
맥베드	한 놈은 '하느님, 우리를 축복해 주십시오!' 라고 말했고 또 한 놈

은 '아멘!' 이라고 했지. 사형 집행인처럼 두 손에 피를 묻은 나를 보고나 있는 듯이 말이야. 그놈들이 공포 속에서 '하느님, 우리를 축복해 주십시오!' 라고 말하는 것을 듣고 나는 '아멘!' 소리가 나오지 않았어.

맥베드 부인 너무 심각하게 생각하진 마세요.

맥베드 하지만 나는 왜 '아멘!' 하고 말할 수가 없었지? 나야말로 축복이 가장 절실한 처지였는데도 '아멘!' 소리가 목에 걸려 나오질 않았다고.

맥베드 부인 이 일들을 그렇게 생각하진 마세요. 그렇기 생각하면 우린 미쳐 버릴 거예요.

맥베드 누군가 이렇게 외치는 소리가 들리는 것 같아. '이제부터는 잠을 자지 못해! 맥베드가 잠을 죽였어.' 라고 말이야. 아, 천진난만한 잠, 고민의 엉킨 실타래를 풀어 주는 잠, 나날의 생명의 죽음인 잠, 노고를 씻어 주는 잠, 상처 난 마음에게는 향기로운 기름인 잠, 대자연의 가장 좋은 요리인 잠, 생명의 향연 중에서 첫째가는 영양분인 잠을 말이야!

맥베드 부인 아니, 그게 어쨌단 말이에요?

맥베드 온 집안을 향하여 자꾸만 '영영 잠을 자지 못해!' 고 외치는 거야. '글래미스는 잠을 죽였어, 그러니까 코더는 영영 자지 못해. 맥베드는 영영 자지 못해!' 라고 말이야.

맥베드 부인 외치다니, 도대체 그게 누구지요? 아니, 영주인 당신이 그렇게 미칠 듯이 생각하시면 대장부다운 기력이 풀려 버리잖아요. 자, 어서 물을 떠다가 당신 손의 그 더러운 자국을 씻어 버리세요. 그 단검은 왜 가져왔어요? 거기 그냥 놔두지 않고 말이에요. 어서 도로 가지고 가서 자고 있는 하인 놈들에게 피를 칠해놓으세요.

맥베드	이젠 못 가겠어. 내가 한 일이 무서워졌거든. 그 일을 다시는 볼 수가 없어.
맥베드 부인	쳇, 그렇게 대가 약하세요? 단검을 이리 줘요. *(단검을 받아든다.)* 자는 사람과 죽은 사람은 그림이나 한 가지라고요. 어린애들 눈이나 악마 그림을 무서워하는 법이에요. 아직도 그가 피를 흘리고 있다면 전 하인 놈들 낯짝에다 피를 발라주겠어요. 그래야 그들에게 죄를 뒤집어씌울 수 있거든요. *(부인은 계단을 올라간다. 이때 노크하는 소리가 들린다.)*
맥베드	저 노크 소리는 어디서 들려오는 거야? 소리가 조금만 나도 깜짝깜짝 놀라다니 내가 웬일일까? 내 손들은 이게 무슨 꼴이지? 허! 내 눈알들이 뽑혀 나올 지경이야! 바다의 신 넵튠Neptune의 모든 바닷물은 내 손의 이 피를 깨끗이 씻어줄 수 있을까? 천만에! 오히려 이 손은 망망대해를 붉게 물들이고 푸른 바다를 핏빛 일색으로 만들고 말 거야.

❦ *맥베드 부인이 안쪽 문을 닫고 돌아온다.*

맥베드 부인	제 손들도 당신과 똑같은 색깔이 됐어요. 하지만 저는 당신처럼 창백한 심장은 되지 않아요. 창피해서 말이에요. *(노크 소리.)* 남쪽 문에서 노크 소리가 들려와요. 자, 우린 침실로 물러가자고요. 물만 조금 있으면 우리의 이 일은 말끔히 씻어져요. 문제없어요! 당신은 저 태연한 담력을 내다버리셨군요. *(노크 소리.)* 아, 또 노크 소리가 들려요. 잠옷으로 갈아입으세요. 만일 불려 나간다면, 아직도 잠을 자지 않고 있다고 의심받으면 안 되니까. 그렇게 맥없이 멍청히 서 계시지 말아요.

| 맥베드 | 내가 저지른 죄를 인식하기보다는 나 자신을 잊고 멍청히 있는 게 제일 좋을 거야. *(노크 소리.)* 그 노크로 던컨을 깨워라! 제발 깨워라. *(맥베드와 맥베드 부인이 퇴장한다.)* |

같은 장소.

🍀 노크 소리가 점점 커진다. 술 취한 문지기가 안뜰에 나타난다.

| 문지기 | 원, 노크도 지독하게 하는군! 지옥의 문지기라면 열쇠를 정신없이 |

돌려야겠군 그래. *(노크 소리.)* 쿵! 쿵! 쿵! 악마의 대왕의 이름으로 묻는데, 거 누구냐? 곡식을 매점해 놨다가 풍년이 들 것 같아 목매달아 죽은 농부인가 보군. 때마침 잘 왔어. 수건이나 잔뜩 준비해 두어라. 넌 여기서 진땀 깨나 빼게 될 테니까. *(노크 소리.)* 쿵! 쿵! 다른 악마의 이름으로 묻지만, 대관절 거 누구냐? 옳지, 양쪽에 다 통하는 서약을 얼버무리는 사기꾼이 왔나 보군. 하느님의 이름으로 반역죄를 저지른 사기꾼 말이야. 하지만 천국에서는 그 따위 사기가 통하지도 않지. 사기꾼 놈아, 자, 들어와 봐. *(노크 소리.)* 쿵! 쿵! 쿵! 도대체 누구냐? 흥! 영국의 재단사가 왔나 보군. 프랑스 식 홀태바지에서조차 옷감을 잘라먹는 놈 말이야. 재단사 놈아, 들어와. 넌 여기서 지옥 불로 다리미를 달굴 수 있어. *(노크 소리.)* 쿵! 쿵! 쿵! 잠시도 그치질 않다니! 대관절 누구냐? 하지만 여긴 지옥치고는 너무 추워. 난 지옥의 문지기 노릇을 그만둘 테야. 향락의 앵초 길을 걸어 영원한 업화(業火)를 향해 가는 놈이면 직업을 막론하고 몇 놈쯤은 통과시켜 주려고 했지만 말이야. *(노크 소리.)* 예, 예, 곧 가요! 제발 이 문지기를 잊지 말아 주세요. *(대문을 연다.)*

🌿 맥다프와 레녹스가 등장한다.

맥다프   이봐, 어젯밤엔 매우 늦게야 잤나? 이렇게 늦잠 자는 걸 보니 말이야.
문지기   예, 두 번째 홰가 칠 때까지 마셨지요. 그런데 술은 세 가지 큰 자극을 주지요.
맥다프   술이 특별히 주는 세 가지 자극이란 뭔가?
문지기   예, 코가 빨개지고, 졸음이 오고, 그리고 오줌이 마려운 거지요. 술에 성욕은 자극되었다가 감퇴되고요. 글쎄, 욕정은 일어나지만 힘이 있어야지요. 그러니까 과음은 색욕에 대해서도 사기꾼이라고 할 수 있어요. 글쎄, 욕정을 주었다가 실망하게 만들고, 자극시켰다가 물러서게 하고, 용기를 주었다가 좌절하게 만들며, 벌떡 일어서게 했다간 쓰러뜨리고, 결국은 속임수로 사람을 꿈나라로 끌어가 쓰러뜨려 놓고 나서는 물러가 버리거든요.

맥다프   넌 어젯밤 술에 넘어간 모양이군 그래.
문지기   예, 바로 목구멍에 넘어갔지요. 하지만 저도 넘어간 대신 보복을 해줬지요. 글쎄, 힘은 제가 더 세니까, 결국 놈을 말끔히 토해서 넘어뜨려 버렸다고요, 이따금 다리를 붙들려 넘어질 뻔했지만 말이에요.
맥다프   주인어른께서는 일어나셨는가?

     🍀 *이때 맥베드가 잠옷을 걸치고 등장한다.*

맥다프   노크 소리에 잠이 깨셨나 봐. 이쪽으로 오시는군.
레녹스   밤새 안녕하세요?
맥베드   아, 두 분 다 안녕하시지요?
맥다프   폐하께서는 일어나셨나요?
맥베드   아직 안 일어나셨지요.
맥다프   나더러 일찍 깨워 달라고 하셨는데, 하마터면 늦을 뻔했군요.
맥베드   자, 안내해 드리지요. *(두 사람이 안쪽의 정면 입구를 향하여 걸어간다.)*
맥다프   이게 당신에게 기쁜 수고인 줄은 저도 알지만, 그래도 수고는 수고지요.
맥베드   기쁘게 하는 수고는 고통을 덜어 주지요. *(계단으로 통하는 입구를 손가락으로 가리킨다.)* 여기가 입구요.

맥다프	무엄하지만 들어가 봐야겠군요. 분부 받은 임무니까. (들어간다.)
레녹스	폐하께서는 오늘 출발하시나요?
맥베드	그래요. 그러시겠다고 말씀하셨으니까.
레녹스	어젯밤은 어수선한 밤이었어요. 우리 숙소에서는 굴뚝이 바람에 쓰러졌지요. 그리고 소문에 따르면 통곡하는 소리가 공중에서 들려오고, 죽음의 이상한 신음 소리가 났다더군요. 그리고 불행하게도 가공할 혼란과 변고가 세상에 일어날 징조를 예언하는 소리가 들렸다나요. 저 불길한 올빼미가 밤새도록 울었다지요. 그리고 또 대지가 열병에 걸린 듯 진동했다고도 해요.
맥베드	험한 밤이었지요.
레녹스	제 젊은 기억으로는 처음 당하는 괴이한 밤이었지요.

🌸 *맥다프가 다시 등장한다.*

맥다프	아이고! 무서운, 무서운, 무서운 일이야! 입으로 표현할 수도 없고, 마음으로 상상할 수도 없는 무서운 일이야!
맥베드, 레녹스	도대체 무슨 일이오?
맥다프	파괴의 손이 마침내 다시없는 걸작을 완성했어요. 극악무도한 살해가 신의 기름이 발라진 성전을 두드려 부수고 거기서 그 생명을 훔쳐가 버렸다고요.
맥베드	뭐라고? 생명을?
레녹스	폐하의 생명 말인가요?
맥다프	침실로 가보세요. 새로 나타난 괴물 여자 고르곤 Gorgon에 눈이 멀어버릴 거요. 나한테는 묻지 말아요. 가서 보고 나서 직접 말해 보세요. (맥베드와 레녹스가 계단을 올라간다.) 일어나세요! 일어

맥다프: 극악무도한 살해가 신의 기름이 발라진 성전을 두드려 부수고 거기서 그 생명을 훔쳐가 버렸다고요.
_ 16세기 판화

나라고요! 경종을 울려라! 살해와 반역이야! 뱅코우와 도날베인! 맬컴! 일어나라고요! 죽음의 가면인 포근한 잠을 떨쳐버리고, 죽음 그 자체를 보세요! 일어나세요! 일어나서 최후의 심판의 모습을 보시라고요! 맬컴! 뱅코우! 무덤에서 일어난 유령처럼 걸어오세요. 이 무서운 광경에 어울리게 말이에요! 종을 울려라! *(종이 울린다.)*

🌼 맥베드 부인이 잠옷 차림으로 등장한다.

맥베드 부인 웬일이세요? 왜 그렇게 무섭게 경보를 울려 대서 잠을 자고 있는 이 집의 모든 사람들을 깨워서 불러내시지요? 말씀을 하세요, 말씀을!

맥베드로 분장한 19세기 배우 킨 Charles Kean _ R.J. 레인 작

맥다프   아, 부인, 부인께서 들으시면 안 되요. 내가 말을 할 수 있다 해도 부인의 귀에 들려주면 즉시 살인을 하는 결과가 되요.

🌺 *뱅코우가 실내복을 걸치고 허둥지둥 등장한다..*

맥다프   아, 뱅코우! 뱅코우! 폐하께서 살해되셨다 이거요!
맥베드 부인   어머나, 큰일 났네! 아니, 우리 집에서 말인가요?
뱅코우   어디서든지 이건 너무나도 잔인한 일이라고요. 맥다프, 지금 한 말을 제발 취소하고, 그렇지 않다고 말해 줘요.
🌺 *맥베드와 레녹스가 다시 등장한다.*

| 맥베드 | 이런 일보다 차라리 한 시간 전에만 내가 죽었더라도 나의 일생은 행복했을 거요. 이 순간부터 인생에서 중요한 것이라곤 하나도 없기 때문이지요. 모든 것은 장난감에 불과해. 명예와 명성도 죽어 버렸어. 생명의 술은 다 쏟아져 버렸고, 자랑할 것이라고는 이 창고에 술찌끼밖에 남지 않았어. |

🍀 두 왕자 맬컴과 도날베인이 바른편 입구토 해서 허둥지둥 등장한다.

도날베인	무슨 변고인가요?
맥베드	전하계서 아직 모르고 계시지만, 전하의 산상에 큰일이 났어요. 전하의 피의 원천, 그 근본, 그 샘이 막혀 버렸지요. 그 근원이 막혀 버렸다고요.
맥다프	부왕께서 살해되셨지요.
맬컴	아니, 누구한테?
레녹스	침실을 지키던 놈들의 소행으로 보여요. 두 놈 모두 손과 얼굴이 온통 피투성이이고, 그들의 단검도 피가 묻은 채 베개 위에 놓여 있었지요. 두 놈 모두 멍하니 쳐다보고 정신이 나간 상태인데, 사람의 생명을 그런 놈들에게 맡긴 게 화근인 것 같군요.
맥베드	아, 내가 격분한 나머지 그놈들을 죽여 버린 게 이제 후회가 되는군요.
맥다프	아니, 왜 죽여 버렸지요?
맥베드	도대체 누가 당황한 가운데에도 지각을 차리고, 격분하면서도 절도를 지키며, 충성하면서도 냉정할 수가 있겠는가 말이에요? 아무도 그렇게 못하지요. 불타는 충성의 조급한 행동이 그만 주저하는

맥베드 부인으로 분장한 19세기 여배우
번하트 Sarah Bernhardt

이성을 앞질러 버렸지요. 왕은 이쪽에 쓰러져계신데 은빛 피부에는 금빛 핏발이 무늬 놓여지고, 입을 벌린 상처는 파괴의 무참한 입구, 인체의 갈라진 틈만 같았지요. 한편 저쪽에는 살해자들이 살해의 증거도 역력한 피에 잠겨 있고, 단검은 무엄하게 칼집에서 나와 피가 엉긴 채 곁에 뒹굴고 있었지요. 충성심이 있고, 그것을 행동에 옮길 용기를 가진 사람이라면 이런 꼴을 도대체 누가 참고 방관할 수 있겠냐고요?

맥베드 부인 *(기절하는 척하며)* 아, 저를 저쪽으로 좀!

🌸 *맥베드가 부인 곁으로 온다.*

맥다프	부인을 돌봐 드리세요.
맬컴	*(도날베인에게 방백)* 왜 우린 입을 다물고 있는 거야? 우리가 제일 심하게 문제 삼아야 할 일인데 말이야.
도날베인	*(맬컴에게 방백)* 여기서 지금 무슨 말을 해야겠다는 거야? 우리의 악운이 송곳 구멍에 숨어 있다가 언제 뛰어나와서 덤벼들지 모르는 판인데 말이야. 자, 도피하자. 우리의 눈물은 좀 더 간직해 두고.
맬컴	*(도날베인에게)* 우리의 격렬한 비애도 아직 일어나지 않아.

🌺 *맥베드 부인의 시녀들이 등장한다.*

뱅코우	*(시녀들에게)* 안주인을 보살펴드려라. *(시녀들이 부인을 부축해 나간다.)* 그러면 공기에 노출된 우리의 반나체들이나 가리고 나서 다시 곧 집합하여 이 잔인무도한 사건의 진상을 규명합시다. 공포와 의혹에 우린 몸이 덜덜 떨리는군요. 나는 신의 손을 대신하여 이 가려진 대역죄의 음모와 싸우겠어요.
맥다프	나도 그래요.
모두	우리도 모두 그럽시다.
맥베드	빨리 무장하고 즉시 회의실에서 모입시다.
모두	그렇게 합시다. *(맬컴과 도날베인만 남고 모두 퇴장한다.)*
맬컴	넌 어떻게 할 작정이냐? 우린 저들과 같이 행동할 수는 없어. 마음에도 없이 애통해 하는 건 부정한 인간들이 흔히 하는 짓이야. 난 잉글랜드로 가겠어.
도날베인	나는 아일랜드로 가야겠어. 우린 따로따로 헤어져 있는 게 도리어 더 안전해. 이곳에는 사람들의 미소에도 칼날이 숨어 있고 핏줄기가 가까운 놈일수록 더 잔인하거든.

글래미스 성 _ 찰스 나이트 작

맬컴 살인의 화살은 아직 과녁에 꽂히지 않았어. 어쨌든 우리에게 가장 안전한 길은 과녁을 피하는 것밖에는 없어. 그러니까 말이 있는 곳에 가자. 작별 인사 따위는 집어치우고 빨리 도피하자 이거야. 인정의 여지가 없을 때에는 살그머니 달아난다 해도 그 행위는 부끄러울 게 없으니까. *(두 사람이 퇴장한다.)*

2막 4장

맥베드의 성 앞.

🌿 *기묘하게 컴컴한 날씨. 로스와 노인 한 명이 등장한다.*

노인   전 칠십 평생을 잘 기억하고 있는데, 그 긴 세월의 책에서 무서운 시간과 괴이한 일들을 보아 왔어요. 하지만 어젯밤의 처참함에 비하면 예전의 일들은 문제도 안 되지요.

로스   *(얼굴을 들며)* 아, 노인! 인간의 소행 때문에 마음이 괴로운지 하늘도 저렇게 인간의 이 잔인한 무대를 위협하고 있어요. 시계로는 대낮인데, 운행하는 등불인 태양의 목을 암흑의 밤이 졸라매고 있거든요. 밤이 패권을 쥐고 있는지, 낮이 창피해서인지, 원, 싱싱한 빛이 대지에 입을 맞춰야 할 시간에 암흑이 지면을 덮고 있잖아요?

노인   어젯밤의 사건도 그렇지만, 자연의 이치에 어긋나는 일들뿐이지요. 지난 화요일에는 의기양양하게 하늘 높이 날아오른 매가 쥐나 잡아먹는 올빼미한테 습격당하여 죽었다고요.

로스   그뿐 아니라 던컨 왕의 말들이 취한 행동은 참으로 괴이한 일이지만 사실이지요. 그 말들은 늠름한 준마로서 말들 가운데 정화인데, 갑자기 난폭해져서 마구간을 부수고 뛰어나와 복종하기를 거부했다지요. 마치 인류에게 도전이라도 하려는 듯이 말이에요.

노인   말들이 서로 잡아먹었다고도 하더군요.

로스   서로 잡아먹었지요. 그걸 직접 보고 나도 놀랐거든요. *(맥다프가 성에서 나온다.)* 아, 맥다프가 저기 오는군. 세상은 지금 도대체

	어떻게 돌아가고 있는 거요?
맥다프	*(하늘을 가리키며)* 왜, 저렇잖아요?
로스	이 잔인무도한 국왕 살해의 범인은 판명됐나요?
맥다프	맥베드가 죽여 버린 그 두 놈이지요.
로스	저런! 맙소사! 도대체 뭣 때문에 그런 짓을 했지요?
맥다프	매수당한 거지요. 맬컴과 도날베인, 두 왕자는 몰래 도피해 버렸어요. 그래서 두 왕자는 살해의 혐의를 받게 되었지요.
로스	그것도 자연에 역행하는 짓이 아닌가! 이 무슨 야욕인가! 원, 자기 생명의 근원을 탐식하러 들다니! 그러면 왕위는 이제 틀림없이 맥베드 장군에게 돌아가겠군요.
맥다프	그는 이미 추대되었어요. 그래서 대관식을 거행하려고 스코운 Scone 성당으로 떠났다고요.
로스	던컨 왕의 유해는 어디 있나요?
맥다프	코움킬 Colmkill에 운반되었지요. 그곳은 그의 역대 조상들의 선영이자 유해를 안치하는 종묘가 있는 곳이거든요.
로스	당신도 스코운에 갈 건가요?
맥다프	아니예요. 난 나의 성 파이프 Fife로 갈 거요.
로스	그러면 난 스코운에 갈 거요.
맥다프	그러면 거기서 모든 일이 잘 되길 바라겠어요. 안녕히 가세요. 낡은 옷이 새 옷보다 입기 편한 그런 사태가 벌어지지 않기를 빌어요!
로스	노인, 안녕히 가세요.
노인	당신에게 신의 축복이 내리기를! 또한 악을 선으로, 원수를 친구로 만드는 모든 사람에게도 신의 축복이 내리기를! *(모두 퇴장한다.)*

🍀 몇 주일이 지나간다.

3막 1장

포레스 궁전의 접견실.

🍀 뱅코우가 등장한다.

뱅코우   너는 드디어 되었어. 국왕도, 코더 영주도, 글래미스 영주도 모두 마녀들이 약속한 대로 되었다 이 말이야. 그런데 네 지위가 참으로 더러운 수단으로 얻어진 것이나 아닌지 모르겠어. 하지만 너는 이것을 네 후손에게 전하지 못하며, 자자손손 역대 왕들의 근원과 조상이 될 사람은 나라고 했어. 마녀들의 예언이 맥베드 너에게는 맞았지. 만일 마녀들의 말에 진실이 있다면, 또한 그들의 증언이 네게 실현된 것을 보면, 아, 나에게도 그것이 신탁이 아닐 리는 없어. 그러니 나는 희망을 품어도 좋지 않겠는가? 하지만, 쉿!

🍀 *나팔 소리. 국왕이 된 맥베드, 왕비가 된 맥베드 부인, 레녹스와 로스, 귀족들, 시종들이 등장한다.*

맥베드   아, 우리의 주빈이 여기 계시는군.
맥베드 부인   이분을 잊어서는 우리의 축하연회에 구멍이 뚫린 셈이 되니까 그야말로 체면이 서질 않아요.
맥베드   짐이 오늘 밤 만찬회를 개최하니 장군도 참석하시오.
뱅코우   폐하께서 저에게 분부하신다면 오로지 영원히 복종하는 것만이 제 의무지요.
맥베드   장군은 오늘 오후에 말을 몰고 밖에 나갈 거요?
뱅코우   예, 폐하.
맥베드   그렇지 않다면, 짐은 오늘 회의에서 장군의 의견을 들어보려고 했지요. 장군의 고견은 항상 무게 있고 유익한 것이니까 말이오. 하지만 내일로 미룹시다. 그래, 멀리 나가는 거요?
뱅코우   예, 지금 떠나면 만찬회 시간에나 돌아올 거리가 될 것 같군요. 만일 말이 잘 달려 주지 않는 경우라면 밤의 컴컴한 시간을 한두 시간 빌리게 될 것 같고요.
맥베드   축하연회를 잊지 말아 주시오.

뱅코우	예, 꼭 참석하겠어요.
맥베드	들리는 말에 따르면 짐의 저 잔인한 친척들인 두 왕자는 각각 잉글랜드와 아일랜드에 망명 중이라고 하는데, 그 잔악한 부친 살해죄를 자백하기는커녕 오히려 괴이한 낭설을 유포하고 있다지요. 이 일은 내일 상의해야 할 국사와 함께 다시 의논합시다. 어서 당신 말에게 가시오. 잘 가시오. 돌아오면 밤에 만납시다. 플리언스도 같이 가는 거요?
뱅코우	예, 그렇지요. 이제 우리가 출발할 시간이 되었습니다.
맥베드	당신 말들이 빨리 달리고 다리가 튼튼한 놈들이면 좋겠군. 난 장군을 말의 등에 맡길 테요. 잘 가시오. *(뱅코우가 퇴장한다.)* 오늘 밤 일곱 시까지는 모두 각자 자유 시간을 가지도록 하라. 회합을 더욱 즐겁게 만들기 위해 짐은 만찬 때까지 혼자 있겠어. 다들 물러가라. 그때 다시 보자! *(맥베드와 시종 한 명만 남고 모두 퇴장한다.)* 이봐, 이리 좀 와. 그 사람들은 대기하고 있느냐?
시종	예, 궁궐의 대문 밖에서 대기하고 있습니다
맥베드	불러들여라. *(시종이 퇴장한다.)* 이것으로는 아무것도 아니야. 이것으로 안전하지 않은 한, 뱅코우에 대한 나의 불안감은 뿌리가 깊어. 그의 왕자다운 성격에 이 불안감의 근원이 있지. 그는 매우 대담해. 그리고 그 대담한 성품에다 지혜까지 구비하여 용기를 안전하게 행동으로 드러내거든. 내가 두려워하는 놈이라고는 뱅코우뿐이지. 그의 곁에서는 나의 수호신이 맥을 못 추거든. 마커스 앤토니Marcus Anthony의 수호신도 시저Caesar 곁에서는 그랬다지만 말이야. 마녀들이 처음에 나를 왕이라고 불렀을 때, 뱅코우는 그들을 질책하고 자기에게도 말을 하라고 명령했지. 그러자 그들은 예언자인 양 그를 미래의 역대 왕들의 조상으로 환영했어.

나의 머리에는 열매 없는 왕관을 씌워 주고, 손에는 불모의 홀을 쥐어 주었단 말이야. 왕관과 홀은 결국 나의 직계 후계자의 차지가 아니라 남의 자손에게 빼앗기게 마련이야. 그렇다면 나는 뱅코우의 자손들을 위해 인자한 던컨 왕을 살해한 셈이 아닌가! 그들 뱅코우의 씨앗들을 왕들로 만들어 주기 위해 나의 불멸의 보배인 영혼을 인류의 적인 악마의 손에 넘겨 준 셈이 아닌가! 그렇게 될 바야 차라리, 자, 승부를 결정하자. 운명아, 나와 결판을 내자! 거기 누구냐?

❧ 시종이 자객 두 명을 데리고 등장한다.

맥베드	*(시종에게)* 너는 문 밖에 나가 짐이 부를 때까지 거기서 대령하라. *(시종이 퇴장한다.)* 짐이 너희들과 함께 얘기한 게 어제가 아닌가?
자객1	예, 폐하.
맥베드	음, 그렇다면, 너희는 짐의 말을 잘 음미해 브았겠지? 지금까지 너희들을 불행하게 한 것은 사실 그놈이야. 너희들은 오해하고 있었던 모양이지만 짐은 전혀 무관하지. 이건 내가 어제 해준 이야기로 너희가 충분히 납득했을 게야. 너희들이 어떻게 기만과 학대를 당하고 있는지, 앞잡이가 누구며 누가 그를 조종하고 있는지, 그 밖의 모든 것을 설명해 주었으니까. 그러니 바보 미치광이라 해도 진상을 납득할 거야. '이건 뱅코우의 짓이다.' 라고 말이야.
자객1	그건 잘 납득했지요.
맥베드	그건 그렇고. 난 좀 더 할 얘기가 있는데, 그것이 오늘 다시 만난 목적이라고. 너희는 도대체 그런 처지를 감수할 만큼 인내성이 강하단 말이냐? 그리고 이 알뜰한 자와 그의 자손들을 위하여 기도를 드릴만큼 신앙심이 깊단 말이야? 그 자의 손으로 압박을 받아 너희들은 무덤 속으로 쫓기고 너희 처자들은 영영 거지 신세가 되어 있는데도 말이야.
자객1	저희도 사람이지요, 폐하.
맥베드	아, 그야 너희가 명색은 사람이긴 해. 사냥개, 그레이하운드, 잡종개, 스패니엘, 들개, 삽살개, 애완견, 늑대 잡종 등 이 모든 것도 명색은 개라고 불리듯이 말이야. 하지만 가격표에는 빠른 놈, 느린 놈, 영리한 놈, 집 개, 사냥개 등 관후한 대자연이 부여해 준 특징에 따라 일일이 차별되어 각기 특별한 명칭을 받고 있으며, 다 같이 개라고 적혀져 있는 명부와는 성질이 다르게 마련이지. 사람도 이와 마찬가지야. 자, 너희도 의젓하게 가격표에 들어 있고, 최하

등 족속이 아니라고 말해 봐라. 그러면 나는 비밀의 용건을 너희에게 부탁하겠어. 너희가 이것을 실행하면 너희 원수가 제거될 뿐만 아니라 너희도 나의 신임과 총애를 받게 될 게야. 그 자가 살아 있는 한 나는 거의 환자인 셈이고, 그 자가 죽어야 비로소 나의 건강은 완전해질 거야.

자객2 폐하, 저는 세상의 지독한 구타와 학대에 분통이 터질 지경이라서 세상에 대한 분풀이라면 무슨 짓이라도 다 하겠어요.

자객1 그리고 저도 어찌나 불행에 시달리고 악운에 욕을 봐왔던지 이제는 잘되든 못되든 목숨을 걸고 운명을 시험해 볼 작정이지요.

맥베드 너희 두 사람은 뱅코우가 너희들 원수라는 것을 이제는 알았겠지.

자객들 참으로 잘 알았습니다.

맥베드 그 자는 나의 원수이기도 해. 사실 그 자가 살아 있는 매순간이 나의 생명의 급소를 찌를 정도로 그 자는 지독한 원수야. 물론 나는 왕권으로 공공연하게 그 자를 내 눈앞에서 사라지게 만들고 나의 의지를 정당화시킬 수도 있지만 그렇게 해서는 안 되지. 그 자에게도 친구며 나에게도 친구인 어떤 사람들이 있는데 나로서는 그들의 호의를 잃고 싶지 않거든. 그래서 그 자를 내 손으로 거꾸러뜨려 놓고 나는 통곡하며 애도하려는 게야. 그래서 이렇게 너희들의 조력을 요청하는데, 여러 가지 중대한 사정이 있어서 그러니 세상모르게 일을 실행해 줘야겠어.

자객2 저희는 폐하의 지시대로 실행하겠어요.

자객1 저희 목숨이 위태롭다 해도 말이에요.

맥베드 음, 너희들의 본심은 잘 알았어. 너희가 잠복할 장소를 늦어도 한 시간 이내에 내가 알려 주겠어. 시간도 정확하게 알아보고 일을 단행할 시각도 알려주겠다고. 오늘 밤에 궁궐에서 좀 떨어진 지점에서 단행되어야만 하니까 말이야. 그리고 내가 혐의에서 철저히 벗어나야만 한다는 걸 항상 명심하라. 그리고 이 일에 따르는 흔적이나 흠이 남아서는 안 되는데, 그 자와 동행하는 아들놈 플리언스를 처치하는 것도 그 자를 처치하는 것에 못지않게 나에게는 중요한 일이니까, 그 아들놈에게도 캄캄한 밤의 운명을 안겨주어야만 해. 그러면 너희는 저리 가서 결심을 해라. 곧 다시 만나자.

자객들 폐하, 저희는 이미 결심했다고요.
맥베드 곧 부르겠어. 안에서 기다려라. *(두 자객이 퇴장한다.)* 계획은 끝났어. 뱅코우, 네 영혼이 천당에 가기를 원한다면 오늘 밤 그곳을 찾아가야 하는 거야. *(다른 쪽 입구로 퇴장한다.)*

3막 2장

같은 장소.

🌺 *맥베드 부인이 하인 한 명을 거느리고 등장한다.*

맥베드 부인 뱅코우는 궁궐에서 물러갔느냐?
하인 예, 그래요. 하지만 오늘 밤에 다시 들어올 거예요.
맥베드 부인 폐하께 가서 말씀드려라. 폐하께서 여가가 있으시면 내가 찾아뵙고 드릴 말씀이 있다고 말이야.

하인	예. *(퇴장한다.)*
맥베드 부인	욕망이 달성되어도 만족이 없는 한 모든 것이 허무요 물거품이야. 살인을 하고 이렇게 불안한 기쁨밖에 누리지 못할 바에는 차라리 살해당하는 신세가 더 편안하겠어.

※ *맥베드가 생각에 잠겨 등장한다.*

맥베드 부인	아, 폐하! 왜 하찮은 공상을 벗 삼아 고독하게만 지내지요? 생각하지 않으면 자연히 소멸될 망상을 상대로 하는가요? 구제할 길이 없는 일은 무시해 버리는 수밖에 없어요. 지나간 일은 지나간 일이고요.
맥베드	우린 독사를 난도질했을 뿐 죽이지는 못했어. 이 독사는 머지않아 다시 소생할 테니, 우리의 무력한 악의는 언제 예전 같은 독사에 물릴는지 모르는 일이지. 하지만 불안 속에 식사를 하고 잠을 자며, 밤마다 저 악몽에 덜덜 떨며 고민할 바에야 차라리 만물의 사개는 무너지고 하늘과 땅의 두 세계는 멸망해 버리라고 하겠어. 양심의 가책으로 미칠 듯이 불안하게 사느니 차라리 우리가 자신의 평화를 갈망하여 평화의 나라로 보내버린 저 죽은 사람의 처지가 되는 편이 낫지. 던컨은 지금 무덤 속에 있어. 인생의 발작적인 열병을 다 치른 뒤 편히 자고 있어. 국왕 살해는 그에게 마지막 최악의 불행이 되었지. 이제는 칼날도, 독약도, 내란도, 외환도, 그 어떠한 것도 더 이상 그에게 손대지는 못하지.
맥베드 부인	자, 가요. 폐하, 그렇게 험상궂은 표정은 펴시고, 명랑하고 즐겁게 오늘 밤 손님들을 대하세요.
맥베드	그렇게 하겠어. 그러니 당신도 제발 그렇게 해요. 그리고 뱅코우

	에게는 각별한 관심을 기울이고, 눈짓으로든 말로든 그를 주빈으로 후대하시오. 국왕의 존엄성을 아첨의 개울 속에 담그고 마음에는 가면을 씌워 본심을 은폐해야 하다니, 불안한 일이거든.
맥베드 부인	그런 소리는 제발 하지 마세요.
맥베드	아! 여보, 내 마음속에는 독충들이 우글거리고 있어. 당신도 알다시피 글쎄, 뱅코우와 그의 아들 놈 플리언스가 아직 살아 있거든.
맥베드 부인	하지만 그들의 수명권(受命權)이 영구적인 건 아니지요.
맥베드	그러기에 위안이 되는 거요. 그들은 언제라도 습격당할 수 있거든. 그러니 당신도 쾌활해지라고. 박쥐가 수도원을 훨훨 날아다닐 무렵, 밤의 마녀 헤커트의 부름에 졸린 듯한 소리를 내는 날개 딱딱한 딱정벌레가 하품을 재촉하는 밤의 졸음을 울려 댈 무렵, 가공할 일이 벌어지기로 되어 있으니까.
맥베드 부인	어떤 내용의 일인데요?
맥베드	여보, 당신은 모르고 있다가 결과나 칭찬하라고. 자, 눈을 닫아 주는 밤이여, 와라. 인자한 낮의 부드러운 눈을 가려라. 그리고 나에게 겁을 주는 저 자의 생명의 증서를 너의 잔인하며 보이지 않는 손으로 말살하고 갈가리 찢어버려라! 날은 저물어가며 까마귀는 숲 속의 까마귀 골로 날아가고 있지. 낮에 활동하는 착한 사람들은 허탈하여 졸기 시작하고, 밤의 시커먼 끄나풀들은 밤을 찾아서 일어나기 시작하지. 당신에겐 내 말이 수상하게 들리는 모양이군. 하지만 꾹 참고 있어요. 악으로 시작한 일은 악으로 튼튼하게 만들 수밖에 없지. 자, 나하고 같이 가봅시다. *(두 사람이 퇴장한다.)*

3막 3장

궁궐 바깥. 숲의 언덕길.

🍀 두 명의 자객이 다른 한 명의 자객과 이야기하면서 언덕길을 올라온다.

자객1   도대체 당신은 누구 명령으로 이렇게 따라오는 거요?

자객3   맥베드 왕의 명령이지요.

자객2   이분을 의심할 필요는 없는 것 같아. 우리의 직책과 할 일을 일일이 지시대로 얘기하는 걸 보니까 말이야.

자객1   그렇다면 우리하고 합류하세요. 서쪽 하늘에는 석양빛이 아직도 가물거리고 있군. 길이 더딘 나그네가 제 시간에 여관에 도착하기 위해 말을 재촉할 무렵이지. 우리가 기다리는 주인공도 이제 곧 나타날 거요.

자객3	쉿! 말발굽 소리가 들려.
뱅코우	*(멀리서)* 애, 횃불을 이리 줘!
자객2	바로 그 자야. 초대받은 다른 손님들은 모두 이미 궁궐 안에 들어가 있지.
자객1	그 자의 말은 길을 돌아서 가는 모양이군.
자객3	음, 일 마일쯤 돌아서 가는군. 그런데 다른 사람들도 그렇지만 뱅코우는 대개 여기서부터 궁궐까지 걸어서 가지.

🍀 뱅코우와 횃불을 든 플리언스가 언덕길을 올라온다.

자객2	횃불이다, 횃불!
자객3	저놈이야.
자객1	용감하게 해라.

자객 1 : 우리가 기다리는 주인공도 이제 곧 나타날 거요.

뱅코우	오늘 밤엔 비가 올 모양이군.
자객1	오고말고. *(자객 한 명이 횃불을 쳐서 꺼버리고 다른 두 명은 뱅코우를 습격한다.)*
뱅코우	아, 암살이다! 달아나라, 플리언스야! 달아나라, 달아나! 달아나라! 복수를 해줘. 윽, 망할 자식! *(죽는다. 플리언스가 도망한다.)*
자객3	누가 횃불을 껐어?
자객1	잘못했나?
자객3	한 놈밖에 해치우지 못했어. 아들놈은 달아나 버렸어.
자객2	우린 중요한 임무의 절반을 놓쳐 버렸어.
자객1	자, 그러면 가서 수행한 일만이라도 보고하자. *(모두 퇴장한다.)*

3막 4장

궁궐 안의 연회실.

❧ 안쪽에 단(壇)이 있고, 그 뒤 좌우에 입구가 있다. 단 위에는 옥좌가 마련되어 있고, 앞에는 탁자가 있다. 이 탁자와 직각으로 맞대서 긴 식탁이 무대 중앙에 놓여 있다. 연회석이 마련되어 있다. 맥베드, 맥베드 부인, 로스, 레녹스, 귀족들, 시종들이 등장한다.

맥베드	각자 자기 신분대로 앉으시오. 다들 잘 오셨소.
귀족들	황공하옵니다.

❧ 맥베드는 부인을 옥좌로 안내한다. 귀족들은 식탁 양쪽에 각각 착석한다. 식탁머리의 상석은 비어 있다.

맥베드	짐은 여러분과 함께 섞여서 겸손히 주인 노릇을 하겠소. *(맥베드가 내려온다.)* 짐의 안주인은 정좌에 앉아 있지만 곧 환영 인사를 시키겠소.
맥베드 부인	폐하께서 저를 대신하여 여러분께 인사말을 전하세요. 저는 충심으로 여러분을 환영하고 있으니까요.

❧ 맥베드가 왼쪽 입구 앞을 지날 때 자객1이 입구에 나타난다. 귀족들이 모두 일어서서 맥베드 부인에게 절한다.

맥베드	자, 보시오. 모두 진심으로 당신에게 답례를 하는군. 양쪽 좌석이 모두 인원수가 같군. *(빈 좌석을 손가락질하면서)* 나는 여기 앉겠소. 마음껏 즐기시오. 이제 곧 축배를 돌리겠소. *(입구의 자객에게)* 네 얼굴에 피가 묻어 있어.

❧ 여기서 맥베드와 자객이 서로 방백을 교환한다.

자객1	이건 뱅코우의 피지요.
맥베드	그 피가 그 자의 몸 안에 있지 않고 네 얼굴에 묻어 있어 다행이야. 그래, 해치웠느냐?

연회 장면 _ 호위스 크레이븐 작

자객1   폐하, 제가 그의 목을 잘랐지요.

맥베드   너는 먹따는 명수로군. 하지만 플리언스를 처치한 자도 훌륭하지. 그것도 네가 했다면 넌 천하무쌍의 명수야.

자객1   죄송합니다. 플리언스는 달아나 버렸어요.

맥베드   그렇다면 내 발작은 재발한다. 그놈마저 처치해 주었어야 내가 완전무결할 텐데 말이야. 대리석처럼 안전하고, 암석처럼 견고하며, 넓은 대지처럼 자유 활달할 텐데 말이야. 하지만 이제 나는 좁은 방에 유폐되고 감금되어 분하게도 의혹과 공포에게 결박을 당해 버렸어. 그런데 뱅코우만은 틀림없이 해치웠지?

자객1   예, 폐하. 그 자는 틀림없이 도랑 속에 뻗어 있지요. 머리통에 스무

	군데나 깊은 상처를 입은 채 말이에요. 가장 작은 상처만으로도 목숨이 무사하진 못하지요.
맥베드	아, 수고했어. 아비 뱀은 뻗었어. 달아난 새끼 뱀은 머지않아 독을 지니게 되겠지만 지금 당장은 이빨에 독이 없다. 그만 물러가라. 내일 다시 얘기하자. *(자객1이 퇴장한다.)*
맥베드 부인	폐하, 당신의 환대가 부족하다고요. 축하연회는 식사 도중에 자주 환대의 뜻을 표시하지 않으면 강매 당하는 격이 되지요. 그냥 먹기만 하는 것이라면 자기 집이 제일이에요. 자기 집과 다른 연회의 양념은 환대라고요. 환대 없는 연회는 무의미해요.

  뱅코우의 유령이 나타나서 맥베드가 앉을 자리에 앉는다.

맥베드	참, 그렇군, 그래! 자, 다들 많이 드시고 잘 소화시키시며, 식욕과 소화가 다 왕성하기를 기원하오!
레녹스	폐하께서도 착석하십시오.
맥베드	이제 전국의 고관대작이 한자리에 모였소. 저 훌륭한 뱅코우 장군만 결석하고 말이오. 하지만 나는 차라리 그분의 무성의를 질책이라도 했으면 좋겠지만, 혹시라도 무슨 불상사라도 있었는지 염려가 되오.
로스	그분의 결석은 약속 위반이지요. 황공하오나 폐하께서도 함께 앉아 주셔서 저희 모두에게 영광을 베풀어주십시오.
맥베드	좌석이 다 차 있어.
레녹스	여기 폐하의 자리가 마련돼 있습니다.
맥베드	어디?
레녹스	폐하, 여기예요. 아니, 폐하께서는 왜 그렇게 놀라십니까?

맥베드 부인 _ 바이엄 쇼 작

맥베드   누가 이런 장난을 해놓았어?
귀족들   무슨 말씀이신가요?
맥베드   *(유령에게)* 나보고 했단 말인가? 그 피가 엉긴 머리채를 이쪽에 대고 흔들지 마라. *(맥베드 부인이 자리에서 일어난다.)*
로스   여러분, 모두 일어납시다. 폐하께서는 편찮습니다.*(귀족들이 일어나기 시작한다.)*
맥베드 부인 *(걸어 내려오면서)* 여러분, 앉으세요. 폐하께서는 이런 일이 가끔 있어요. 그것도 젊은 때부터 있는 일이에요. 그냥 앉아 계세요. 이 병은 일시적인 거예요. 곧 나으실 거예요. 여러분이 유심히 바라보고 있으면 도리어 병이 심해져서 오래 끌게 되지요. 염려 마시고 어서 드세요, *(맥베드에게)* 당신도 대장부인가요?

🌸 *여기서 맥베드 부부는 한참 방백을 주고받는다.*

맥베드	그야 물론이지. 게다가 악마조차 질겁하게 만드는 것도 감히 노려볼 수 있는 대담한 사나이라고.
맥베드 부인	어머나, 참으로 장하시군요! 그건 당신 마음의 불안에서 생긴 환상이에요. 공중에 떠서 던컨 왕의 침실로 당신을 안내했다고 하는 저 환상의 단검 같은 거예요. 아, 그런 발작은 진짜 불안에 비하면 가짜라고 할 수 있고, 겨울날 화롯가에서 할머니의 보증 아래 여자가 지껄이는 얘기하고나 어울려요. 원, 창피하기도 해라! 왜 그런 얼굴을 하세요? 두고 보세요. 결국 그건 의자에 지나지 않잖아요.
맥베드	여보, 저기 좀 봐! 저기! 저, 저것 좀 봐! 자, 당신은 어때? 원, 뭐가 무섭다는 거야? 네가 머리를 끄덕일 수 있다면 어디 말도 해보라고. 만일 우리가 매장한 놈들을 납골당이나 우리 무덤이 다시 토해 놓고 만다면, 이제는 솔개의 뱃속을 무덤으로 삼아야 할 지경일 게야. *(유령이 사라진다.)*
맥베드 부인	원, 이런! 미련하게도 그렇게 완전히 넋이 나간 거예요?
맥베드	난 확실히 내 눈으로 그놈을 보았어.
맥베드 부인	쳇, 창피스럽기도 해라!
맥베드	*(이리저리 걸어 다니면서)* 유혈의 참사는 태고 적에도 있었어. 인도적인 법률이 사회를 정화시키기 이전인 태고 적에도, 아니, 그 후에도 듣기에 가공할 살인은 있었지. 하지만 예전에는 골이 터져 나오면 사람이 죽고 끝장이 났는데, 지금은 머리에 치명상을 스무 군데나 입은 놈이 다시 살아나서 다른 사람을 의자에서 밀어내는

판이야. 이건 살인보다 더 괴이한 일이야.

맥베드 부인   *(맥베드의 팔을 잡으며)* 폐하, 귀한 손님들이 당신을 기다리고 있어요.

맥베드   아, 그만 잊어버리고 있었군. 여러분, 나를 수상히 생각하지 마시오. 나는 이상한 고질이 있는데, 그건 나를 아는 사람들에게 예사로운 일이오. 자, 여러분의 건강을 축원하오. 그럼 나도 착석하겠소. 나에게 술을 달라. 철철 넘치도록 잔을 채워라.

🍀 *맥베드가 잔을 들자 등 뒤 자리에 유령이 다시 나타난다.*

맥베드	나는 여기 참석한 모든 사람의 건강을 위하여, 그리고 결석한 친구 뱅코우를 위해서도 건배하겠소. 그분의 불참은 참으로 유감이오! 여러분과 그분을 위하여 축배를 들겠소. 자, 모두 축배를 듭시다!
귀족들	*(잔을 들면서)* 충성을 맹세하며 축배를 듭니다.
맥베드	*(의자를 돌아다보며)* 꺼져라! 내 눈앞에서 사라져라! 지하로 들어가! *(잔을 떨어뜨린다.)* 너의 뼛골은 비어 있고 너의 피는 차디차다고! 너는 아무리 그렇게 노려봐도 시력은 없어!
맥베드 부인	여러분, 이건 폐하의 지병이라고 생각하세요. 정말이에요. 이걸로 그만 흥이 깨져서 미안해요.
맥베드	인간이 하는 일이라면 나도 하겠어. 털을 곤두세운 러시아 곰이든, 뿔 돋친 코뿔소든, 허케이니아 Hyrcania의 호랑이든, 어떠한 모습으로든 나와라. 지금의 그 모습만 아니라면 나의 이 건장한 힘줄은 결코 떨리지 않을 게야. 아니면 다시 살아나서 황야에서 칼을 들고 나하고 대결해 봐. 그때 내가 겁을 낸다면 나를 계집아이의 인형이라고 불러도 좋아. 징그러운 유령아, 꺼져라! 실체 없는 환상아, 꺼지란 말이야! *(유령이 사라진다.)* 아, 이제 사라졌어. 저게 사라지기만 하면 나는 다시 대장부다워지거든. 아, 여러분, 그냥 앉아 주시오.
맥베드 부인	당신이 그렇게 광란하신 탓에 흥은 깨지고 좋은 회합은 엉망이 되고 말았어요.
맥베드	그러한 것이 있어서 여름날의 구름처럼 엄습해 온다면 우리가 어찌 놀라지 않을 수가 있겠어? 나는 내 본성이 의심스러워졌어. 그러한 걸 보고도 당신은 태연히 두 뺨의 홍조를 잃지 않고 있는데, 내 얼굴만 공포에 하얗게 질리니까.

맥베드 : 꺼져라! 내 눈앞에서 사라져라! 지하로 들어가!

로스	그러한 것이라니, 그게 뭐지요?
맥베드 부인	제발 아무것도 물어보지 마세요. 폐하께서는 더욱 악화되시거든요. 질문은 폐하를 흥분시키지요. 그럼, 여러분, 안녕히 가세요. 자리에서 물러가는 순서는 개의치 마시고 빨리들 돌아가세요. (귀족들이 모두 일어선다.)
레녹스	안녕히 주무십시오. 폐하께서 속히 쾌유하시기를 빕니다!
맥베드 부인	여러분, 안녕히 가세요! (귀족들이 모두 퇴장한다.)
맥베드	피를 보고야 말게야. 피는 피를 부른다는 말이 있어. 묘석들이 이동하고 나무들이 말을 한 실례도 있었다지. 전조나 인과관계가 까치들, 갈가마귀들, 까마귀들을 이용하여 가장 은밀한 살인자를 알아낸 적도 있었다지. 밤은 얼마나 깊었소?
맥베드 부인	밤인지 새벽인지 분간하기 어려운 시간이에요.
맥베드	짐의 초대를 거부하고 참석하지 않은 맥다프를 당신은 어떻게 생각하는 거요?
맥베드 부인	그에게 사람은 보내 봤어요?
맥베드	그건 내가 우연히 들은 거요. 하지만 난 사람을 그에게 보내겠어. 내가 매수한 하인이 한 놈쯤 없는 집은 하나도 없지. 나는 내일 아침 일찍 저 마녀들을 찾아가서 알아 봐야겠어. 이렇게 된 바에야 최악의 수단을 써서라도 최악의 결과를 미리 알아야겠다 이거야. 내 이익을 위해서는 무슨 짓이든 할 거라고. 어차피 여기까지 핏속에 발을 들여놓고 보니 진퇴양난(進退兩難)이라서 차라리 전진하는 길밖에는 없거든. 지금 나의 머릿속에는 괴이한 생각들이 손을 기다리고 있지. 곧 실행에 옮겨야겠어. 음미할 여유가 없어.
맥베드 부인	당신은 모든 생명에게 자양분이 되는 잠이 부족하신 거예요.
맥베드	자, 가서 잡시다. 이렇게 허무맹랑하게 허깨비에게 시달리는 것은

초심자의 불안 탓이오. 수련을 더 해야지. 난 이런 일엔 아직 미숙하거든. *(두 사람이 퇴장한다.)*

황야.

🌿 *천둥. 마녀 셋이 등장하여 헤커트와 만난다.*

마녀1   아니, 웬일이세요, 헤커트? 화가 났나요?

헤커트   건방지고 뻔뻔스럽고 요망한 노파들아, 내가 화가 안 나게 됐어? 너희가 제멋대로 생사의 수수께끼를 가지고 맥베드와 거래를 하지 않았느냐? 그리고 마술의 여왕이며 온갖 재앙의 은밀한 고안자인 나를 모셔다가 마술의 영광을 과시하게 하지도 않았잖아? 그뿐이냐? 더욱 괘씸하게도 너희가 한 짓은 오직 저 심술궂고 성 잘 내는 고집쟁이 놈만을 위한 것이고, 그놈 또한 그놈대로 다른 놈들과 마찬가지로 자기 속셈만 차린 채 너희를 위해서는 아랑곳하지도 않아. 자, 이제는 그 속죄를 해라. 너희는 곧 출발하여 지옥의 아케론Acheron 강 동굴에서 새벽에 나하고 만나자. 그놈이 자기 운명을 알아보려고 그곳으로 올 테니까. 너희 도구와 마술을 준비해라. 주문과 그 밖의 모든 것도 역시 준비해라. 나는 공중으로 날

마녀들 _ 리처드 웨스털 작

아갈 테야. 그리고 오늘 밤에 무시무시하고 잔인한 일을 저지를 작정이야. 큰일은 오전 중에 끝마쳐야만 해. 달의 한쪽 구석에는 수증기 같은 물 한 방울이 의미심장하게 매달려 있는데, 나는 그것이 땅에 떨어지기 전에 받아서 마법으로 증류시킬 테야. 그러면 마법의 정령들이 나타나고 그놈은 정령들의 허깨비 힘에 이끌려 파멸하고 말 게야. 글쎄, 그놈은 운명을 차버리고, 죽음을 조소하며, 야망을 품고, 지혜, 미덕, 공로를 무시하게 될 게야. 어쨌든 너희도 알다시피 인간에게 자만심은 무엇보다도 큰 적이거든. *(음악과 '가자, 가자' 하는 노래가 들리고 구름이 내리 덮인다.)* 들어봐, 나를 부르고 있어. 저거 봐, 내 꼬마 정령이 안개 같은 구름 속에

맥베드/3막 5장_ 89

	앉아서 나를 기다리고 있다고. *(구름을 타고 날아가 버린다.)*
마녀1	우리도 빨리 물러가자. 헤커트는 곧 돌아올 테니까. *(마녀 셋이 사라진다.)*

스코틀랜드의 어느 성.

레녹스와 귀족 한 명이 등장한다.

레녹스	내가 지금까지 한 이야기는 당신의 생각과 부합하지만, 좀 더 깊이 해석될 여지도 있지요. 어쨌든 사태가 참으로 기묘하게 돌아간다고 할 수밖에 없어요. 인자하신 던컨 왕은 맥베드의 애도를 받았지요. 하긴 이미 돌아가신 분이니까. 그리고 용맹한 뱅코우는 밤늦게 길을 걸어갔고요. 하기야 그분을 플리언스가 죽였다고 할 수도 있겠지요. 플리언스는 도주했으니까. 누구든 밤늦게 걸어 다녀서는 안 되지요. 원, 맬컴과 도날베인이 인자하신 자기 부친을 살해했다고 하니 이상하게 생각하지 않을 사람이 어디 있겠어요? 천벌을 받을 일이지! 맥베드는 얼마나 애통하게 여겼던가! 글쎄, 의분에 못 이겨 그는 당장 저 두 역적을 술의 노예가 되고 잠의 종이 되어 있는 현장에서 베어 버리지 않았겠어요? 그건 훌륭한 조

치였잖아요? 그럼요, 현명한 조치이기도 했지요. 그놈들이 자기네 소행이 아니라고 변명하는 것을 들으면 격분하지 않을 사람은 없었을 테니까. 그러니 말이에요. 맥베드는 만사를 모두 잘 처리해버린 거라고요. 그리고 생각하니, 두 왕자가 체포되는 날엔, 설마 그렇게 되진 않겠지만 부친 살해죄의 대가를 톡톡히 맛보게 될 거요. 플리언스 역시 그렇고. 하지만 가만 있자! 함부로 말한 탓으로, 그리고 폭군의 축하연회에 결석한 탓으로 맥다프는 지금 왕의 노여움을 사고 있다더군요. 그런데 도대체 그분은 지금 어디서 은신중인가요?

귀족	저 폭군에게 태자의 권리를 빼앗긴 던컨 왕의 장남은 현재 잉글랜드 궁정에서 경건한 에드워드 왕의 후대를 받고 있는데, 불운한 처지에도 불구하고 존엄성엔 조금도 손상이 없다지요. 맥다프도 이미 그곳을 찾아가 거룩한 왕에게 호소하여 태자를 위해 노덤벌런드 백작인 용맹한 시워드를 궐기하도록 만들 작정이지요. 다행히 하느님께서 용납하신다면 그들의 지원군 덕분에 우리는 다시 풍성한 식탁과 밤에 편한 잠을 누리고, 축하연회와 잔치에서 잔인한 비수들이 제거되며, 충성을 다하게 되고, 정당한 명예는 받게 될 거요. 현재 우리는 이러한 것을 모두 갈망하고 있지요. 그런데 이러한 소식에 맥베드 왕은 격분하여 전쟁 준비에 착수했어요.
레녹스	그는 맥다프에게 사자를 보냈나요?
귀족	보냈지요. 그러나 "나는 사절한다."고 하는 단호한 거절에 불쾌해진 사자는 휙 돌아서면서, "머지않아 후회할 게야. 그런 대답으로 나를 곤경에 빠뜨리다니."라고나 말하는 사람같이 뭐라고 중얼거렸다지요.
레녹스	그렇다면 그건 맥다프에게 지혜를 다하여 멀리 피해 있도록 경고한 셈이군요. 빨리 어떤 천사가 잉글랜드 궁정으로 날아가서 맥다프 앞서서 그의 사명을 그곳에 전달해 주었으면 좋겠군요. 저주받은 손 아래에서 신음하는 이 나라에 빨리 축복이 돌아올 수 있도록 말이에요.
귀족	나도 그 천사 편에 나의 기도를 전하겠어요. *(모두 퇴장한다.)*

컴컴한 동굴.

🍀 동굴 가운데에는 불길이 타오르는 구멍이 있고, 그 위에 끓는

가마솥이 걸려 있다. 천둥소리와 더불어 불길 속에서 세 마녀가 차례로 나타난다.

마녀1   얼룩 고양이가 세 번 울었어.

마녀2   고슴도치가 세 번, 그리고 한 번 울었어.

마녀3   하피어 Harpier가 "시간이 되었다. 시간이 되었어." 하고 소리쳐.

마녀1   가마솥 주위를 빙빙 돌자. 독 있는 내장을 집어넣자. *(모두 가마솥 주위를 좌측 방향으로 돌기 시작한다.)* 차디찬 돌 밑에서 삼십일 일 밤낮을 자면서 독을 빚어낸 두꺼비야, 네놈을 제일 먼저 마법의 솥에 넣고 끓여야겠다.

세 마녀 두 배로 고생하고 두 배로 애를 써서 불은 타오르고, 가마솥은 끓어라. *(솥 속을 휘젓는다.)*

마녀2   늪에서 잡은 뱀의 토막 살아, 가마솥에서 삶아지고 구워져라. 도롱뇽의 눈알과 개구리 발가락, 박쥐 털과 개 혓바닥, 독사의 혀와 독충의 침, 도마뱀 다리와 올빼미 날개야, 무서운 재앙의 부적이 되도록 지옥의 잡탕처럼 부글부글 끓어라.

세 마녀 두 배로 고생하고 두 배로 애를 써서 불은 타오르고, 가마솥은 끓어라. *(솥 속을 휘젓는다.)*

마녀3   용의 비늘, 늑대의 이빨, 마녀의 미라, 굶주린 상어의 위장과 식도, 한밤에 캔 독 당근, 신을 모독하는 유대인 놈의 간, 염소의 쓸개, 월식할 때 꺾은 주목 가지, 터키 사람의 코, 타타르 사람의 입술, 창녀가 낳은 뒤 목 졸라 죽여 시궁창에 버린 갓난애의 손가락, 이런 걸 모조리 넣어서 이 잡탕을 진하게 만들자. 호랑이의 내장도 가마솥의 국에 추가하자.

세 마녀 두 배로 괴로워하고 두 배로 애를 써서 불은 타오르고, 가마솥은

끓어라. *(솥 속을 휘젓는다.)*

마녀2   자, 성성이의 피로 식히자. 그러면 마력은 확실하게 발휘되지.

🌸 *헤커트가 다른 마녀 셋을 데리고 등장한다.*

헤커트   아, 잘했어. 모두 수고했어. 이익을 얻으면 골고루 나누어주겠어. 자, 가마솥을 돌며 노래 부르자. 꼬마 요정, 큰 요정처럼 원을 그리고, 집어넣은 물건에다 마술을 걸자.

🌸 *음악과 노래, '검은 정령들이' 라고 시작된다. 헤커트가 퇴장한다.*

마녀2   내 엄지손가락이 쑤시는 걸 보니, 어느 흉악한 놈이 오는 모양이야. *(노크 소리.)* 어느 누가 노크하든지 자물쇠야 열려라.

🌸 *문이 열리고 바깥에 맥베드가 서 있다.*

맥베드   *(걸어 들어오면서)* 아, 밤중에 은밀하게 시키면 짓을 하는 마녀들아, 너희는 도대체 지금 뭘 하고 있느냐?

세 마녀   말하지 못할 일이지요.

맥베드   너희가 어떻게 마술을 습득했는지는 모르겠지만, 내가 묻는 말에 대답해라. 너희가 비록 폭풍을 풀어 교회당을 넘어뜨리게 하든, 거품이 이는 파도로 하여금 선박을 부숴 삼켜 버리게 하든, 바람에 보리 이삭이 쓰러지게 하고 수목이 넘어지게 하든, 성벽이 파수병 머리 위로 무너져 떨어지게 하든, 궁성과 탑이 기울어져 지

	상으로 넘어지게 하든, 보배 같은 자연의 종자가 뒤범벅이 되어 파괴를 식상하게 하든 상관없이, 내가 묻는 말에 대답해라.
마녀1	말씀해 보세요.
마녀2	물어보세요.
마녀3	우린 대답해 드리지요.
마녀1	그래, 우리 입에서 들으시겠어요? 아니면, 우리 선생님들에게서 들으시겠어요?
맥베드	너희 선생님들을 불러 와. 내가 만나봐야겠어.
마녀1	자기 새끼를 아홉 마리나 잡아먹은 암퇘지의 피를 부어넣자. 살인자가 교수대에서 흘린 비지땀을 불 속에 던져 넣자.
세 마녀	지옥의 마녀들아, 높고 낮고를 따질 것도 없이 모조리 이리 나와서 솜씨를 보여라.

🌿 *천둥. 환영1이 맥베드처럼 투구를 쓴 머리가 가마솥 속에서 나타난다.*

맥베드	네가 무슨 힘을 가졌는지는 모르겠지만, 자, 말해 봐라.
마녀1	저쪽에선 당신의 마음을 알고 있어요. 당신은 아무 말도 하지 말고 듣기만 하세요.
환영1	맥베드! 맥베드! 맥베드! 맥다프를 경계하라. 파이프 Fife의 영주를 경계하라. 이만 실례. *(솥 속으로 사라진다.)*
맥베드	네가 뭔지 모르겠지만, 그 경고는 고마워. 너는 내 불안을 알아맞혔어. 하지만 한 마디만 더해라.
마녀1	그에게 그런 요구는 아무 소용도 없어요. 다른 것이 나와요. 첫 번 것보다 더욱 신통한 다음 것이 나타난다고요.

맥베드 : 아, 이건 뭐냐? 왕의 후예인 듯이 저 아기는 머리에 왕관을 쓰고 나타나는군.

🍃 천둥. 환영2가 피투성이가 된 아이의 모습을 하고 나타난다.

환영1	맥베드! 맥베드! 맥베드!
맥베드	내 귀가 세 개라 해도 그 세 개로 네 말을 듣고 싶어.
환영2	잔인하게, 대담하게 그리고 단호하게 하라. 인간의 힘 따위는 웃어넘겨 버려라. 여자의 몸에서 태어난 자 가운데 맥베드를 해칠 자는 없을 게야. (솥 속으로 사라진다.)
맥베드	맥다프야, 그렇다면 넌 살아 있어라. 내가 너를 무서워할 필요가 어디 있어? 하지만 나는 이중으로 확실성을 보증하기 위해 운명한

테 증서를 한 장 받아 둬야겠어. 그러니 맥다프야, 역시 널 살려 둘 수는 없어. 이제 나는 비겁한 공포심에게 거짓말하지 말라고 호통을 쳐 버리고, 천둥이 으르렁거리는 가운데에도 잠을 잘 수 있어야겠거든.

❧ *천둥. 왕관을 쓴 아이의 환영3이 손에 나뭇가지를 들고 등장한다.*

맥베드 아, 이건 뭐냐? 왕의 후예인 듯이 저 아기는 머리에 왕관을 쓰고 나타나는군.

세 마녀 말은 걸지 마시고 듣기만 하세요,

환영3 사자 같은 기개를 지니고 용감해져라. 누가 분개하든, 누가 초조해하든, 어디서 반역자들이 나타나든 개의치 마라. 버넘Birnam의 광활한 숲이 던시네인Dunsinane의 높은 언덕을 향하여 맥베드에게 쳐들어오지 않는 한, 맥베드는 영원히 패배하지 않을 게다. *(사라진다.)*

맥베드 그런 일은 결코 없을 거야. 도대체 누가 숲을 징집할 수 있으며, 대지에 뿌리박은 나무에게 뽑히라고 명령할 수 있는가? 멋진 예언이야! 버넘의 숲이 움직이기 전에는 죽은 반역자의 시체가 절대로 소생하지 못해. 그렇다면 옥좌에 앉은 이 맥베드는 자연 수명을 다한 뒤 기한이 되어야만 죽음에게 생명을 바칠 거야. 하지만 한 가지 더 알고 싶어서 내 가슴이 두근거려. 너희 마술로 알려줄 수 있다면 말해 봐라. 과연 뱅코우의 자손이 이 왕국에서 군림하게 되겠는가?

세 마녀 이젠 더 묻지 마세요.

맥베드	난 기어이 그걸 알아야겠어. 만일 거절한다면 너희들에게 영원한 저주가 내릴 거야! 어서 말해 봐라. *(피리 소리와 더불어 솥이 땅으로 가라앉는다.)* 가마솥이 왜 가라앉느냐? 그리고 이 소리는 무엇이냐?
마녀1	나타나라!
마녀2	나타나라!
마녀3	나타나라!
세 마녀	나타나서 그의 눈에 보여 주고, 그의 마음은 슬프게 만들어라. 그림자처럼 나타나 그림자처럼 사라져라.

🌿 *여덟 명의 왕이 한 줄로 나타나서 동굴 안쪽을 가로질러 간다. 이때 맥베드는 대사를 말한다. 마지막 왕은 손에 거울을 들고 있다. 뱅코우의 망령은 최후에 따라 나온다.*

맥베드	너는 뱅코우의 망령과 똑같아. 꺼져라! 네 왕관에 내 눈알들이 타지. 그리고 다른 왕관을 쓴 놈, 네 머리칼 역시 처음 놈과 같아. 셋째 놈도 먼저 놈과 같아. 더러운 마녀들아! 왜 이런 것을 나에게 보이는 거냐! 넷째 놈이라니? 내 눈알들아, 튀어나와라! 제기랄, 이 행렬은 최후의 심판 날까지 계속될 거냐? 또 한 놈이 있어? 일곱째라고? 더 이상 보기 싫어. 이제는 여덟째가 손에는 거울을 들고서 아직 더 많이 비쳐 내보이는군. 그 중 어떤 놈은 구슬 두 개와 홀 세 개를 들고 있어. 무서운 광경이야! 이제 보니 사실이야. 머리칼이 피에 엉긴 뱅코우가 날 보고 웃으면서 저것들을 자기 자손이라고 가리키고 있거든. 제기랄, 이게 사실이란 말이냐?
마녀1	예, 이 모든 건 사실이에요. 하지만 맥베드님은 왜 그렇게 멍하니

맥베드 : 너는 뱅쿠어 유령과 똑같아. 꺼져라! _ 찰스 캐터모울 작

서 계시는 거지요? 자, 얘들아, 최상의 여흥을 보여 이분의 기분을 즐겁게 해 드리자. 나는 마술로 공중에서 음악이 나오게 할 테니, 너희들은 괴상하고 무시무시한 춤을 추어라. 그러면 이 대왕께서 우리의 영접을 고맙다고 치사하실 게야.

음악. 마녀들이 춤을 추며 사라진다.

맥베드   어디로 갔어? 사라져 버렸나? 이 유독한 일각은 달력에서 영원히 저주받은 시각이 되라! 밖에 누가 있느냐? 들어와라!

🌸 *레녹스가 등장한다.*

레녹스   무슨 분부신가요?

맥베드   마녀들을 보지 못했느냐?

레녹스   예, 보지 못했어요.

맥베드   네 옆을 지나가지 않았느냐?

레녹스   예, 정말 지나가지 않았다고요.

맥베드   그것들이 타고 다니는 공기는 썩어 버려라! 그것들의 말을 곧이듣는 놈들은 지옥에 떨어져라! 아까 말발굽 소리가 났는데, 온 사람이 누구냐?

레녹스   예, 두세 명이 소식을 가지고 왔는데 맥다프가 잉글랜드로 도망쳤다고 해요.

맥베드   잉글랜드로 도망쳤다고?

레녹스   예, 폐하.

맥베드   *(방백)* 시간아, 네가 선수를 쳤어. 내가 이제 가공할 일을 할 참이었는데 말이야. 실행이 따르지 않는 계획은 어찌나 빨리 도망치는지 따라잡을 수가 없거든. 이 순간부터 내 마음속의 산물은 곧 손의 산물이 될 게야. 음, 바로 지금부터는 생각에다 행동의 관을 씌우기 위해서 당장 계획하고 당장 실천해야겠어. 맥다프의 성을 기습하여 파이프를 점령하고, 모조리 칼날 맛을 보여 줘야지. 그자의 처자나 그자의 불행한 일가친척을 모조리 칼로 치겠어. 바보같은 큰소리만은 아니야. 계획이 식어버리기 전에 실행에 옮길 테야. 이제 허깨비들은 더 이상 보기 싫어! *(큰 소리로)* 온 사람들은 어디 있느냐? 자, 그들이 있는 곳으로 가자. *(모두 퇴장한다.)*

맥다프의 성인 파이프.

🌿 *맥다프 부인, 그 아들과 로스가 등장한다.*

맥다프 부인   고국으로부터 도주해야 하다니, 그이가 도대체 무슨 짓을 했다는 거예요?

로스   참으셔야 해요, 부인.

맥다프 부인   그이야말로 참지 않았어요. 탈주는 미친 짓이에요. 행동이 아니라 공포심 때문에 스스로 역적이 되기 마련이지요.

로스   그분이 분별력으로 그랬는지, 제풀에 놀라서 그랬는지 부인은 아직 모르시지요.

맥다프 부인   분별력이라고? 처자도 버리고 성과 영지도 버리고 혼자 도주하는 게 분별력이라는 건가요? 그인 처자를 사랑하지 않아요. 인류의 애정이 없는 사람이라고요. 새 중에 가장 작은 새인 굴뚝새조차 둥지 안의 제 새끼를 위해서는 올빼미와 싸워요. 그이에게는 공포심만 있고 애정이라고는 전혀 없어요. 또 분별력이 무슨 분별력이라는 거예요? 이렇다 할 이유도 전혀 없이 도주할 필요가 어디 있어요?

로스   아주머니, 좀 진정하세요. 주인어른은 고결하고 현명하고 분별력이 있으시며, 시국의 고질을 통찰하고 계시는 분이지요. 자세히 말씀드리진 못하겠지만, 하여간 고약한 세상이지요. 지금 우리는 자기도 모르는 사이에 역적으로 몰리고, 두려움 때문에 소문을 믿

맥다프 부인 : 이 애는 멀쩡하게
아비가 있으면서도
아비 없는 자식이 됐어요.
_ 헨리 싱글턴 작

고는 있지만, 대관절 뭐가 두려운지 자기도 모르는 형편이지요. 거칠고 사나운 바다를 목적지도 없이 표류하고 있는 셈이지요. 그럼 이만 실례하겠어요. 머지않아 다시 찾아뵙지요. 재앙도 고비에 이르면 제일 심하지요. 그러니 고비만 넘으면 원상으로 복구되어가요. 귀여운 아가야, 잘 있어라!

맥다프 부인 이 애는 멀쩡하게 아비가 있으면서도 아비 없는 자식이 됐어요.
로스 나는 참 바보지요. 더 이상 지체하고 있다가는 내가 욕을 보게 되고 부인까지 난처하게 만드는 결과가 되거든요. 안녕히 계세요. *(허둥지둥 퇴장한다.)*
맥다프 부인 아이고, 얘야, 네 아버지는 돌아가셨어. 넌 이제부터 어떻게 할 테냐? 어떻게 살아갈 거냐고?

아들	엄마, 저는 새들처럼 살겠어요.
맥다프 부인	아니, 벌레와 파리를 잡아먹으면서 산다는 게냐?
아들	새들이 닥치는 대로 잡아먹듯이 저도 손에 잡히는 대로 그걸로 살아가지요.
맥다프 부인	가련한 새야. 넌 그물도 끈끈이도 함정도 올가미도 무서운 줄을 몰라서 그래.
아들	무섭긴 뭐가 무서워요, 엄마? 불쌍한 새한테는 그런 장치가 되어 있을 리가 없어요. 어머니가 무슨 말을 하더라도 아버진 돌아가시지 않았어요.
맥다프 부인	아니야, 돌아가셨어. 아버지 없이 넌 어쩔 테냐?
아들	그럼 어머닌 남편 없이 어떡하실 거지요?
맥다프 부인	흥, 남편쯤은 시장에서 스무 명이라도 살 수 있어.
아들	샀다가 다시 팔려고요?
맥다프 부인	넌 있는 지혜를 다 짜내고 있어. 어쩌면 너 같은 애가 그런 말을 다 하냐?
아들	우리 아버지는 역적인가요, 어머니?
맥다프 부인	그래, 역적이야.
아들	역적이 뭐지요?
맥다프 부인	그야 맹세를 깨뜨리는 사람이지.
아들	그렇게 하는 사람은 모두 역적인가요?
맥다프 부인	그렇게 하는 사람은 모조리 역적이고 목이 매달려 죽어야만 해.
아들	그럼 맹세를 깨뜨리는 사람은 다 목매달아 죽여야만 하나요?
맥다프 부인	그래, 모조리 그래야만 해.
아들	누가 목을 매달지요?
맥다프 부인	그야 정직한 사람들이지.

맥다프 아들 : 우리 아버지는
역적인가요, 어머니?

아들   그럼 거짓 맹세꾼들은 모두 바보예요. 거짓 맹세꾼들은 얼마든지 많으니까 정직한 사람들을 때려눕혀서 오히려 그들을 목을 매달아 죽여 버리면 되잖아요.

맥다프 부인   아니, 너 같은 애가 다 있다니! 이 가엾은 원숭이야! 하지만 아버지 없이 넌 어떡할 테냐?

아들   아버지가 정말 돌아가셨다면 어머닌 우실 테지요. 어머니가 울지 않는 걸 보니 그건 나에게 곧 새 아버지가 생길 좋은 증거라고요.

맥다프 부인   넌 주둥이만 까져서 못하는 말이 없구나!

     🌸 *사자가 등장한다.*

사자   부인! 안녕하세요? 처음 뵙지만 저는 당신의 고귀한 신분을 잘 알고 있어요. 당신 신변에 위험이 곧 닥칠 것 같군요. 미천한 이 사람의 충고를 들어 주신다면 이곳을 피하세요. 어서 자제분들을 데리고 피하세요. 이렇게 놀라시게 해서 너무 무례한 것 같지만, 더 참혹한 일이 당신의 신변에 절박해 있거든요. 하느님의 가호가 있기를 빕니다! 저는 이제 여기 더 지체해 있을 수가 없어요. *(퇴장한다.)*

맥다프 부인 어디로 피해야 한단 말인가? 난 아무 잘못도 하지 않았어. 하지만 이제 돌이켜 생각하니, 나는 이 속세에서 살고 있는 거야. 속세에서는 악한 일이 흔히 칭찬 받기 마련이고, 어쩌다 있는 선한 일은 위험한 바보짓 취급을 당하거든. 이를 어쩐다? 잘못한 적이 없다는 둥 여자의 입으로 아무리 변명을 해보았자 무슨 소용이 있겠어?

🌿 자객들이 등장한다.

맥다프 부인 아, 이 얼굴들은 뭐냐?
자객 당신 남편은 어디 있어?
맥다프 부인 너희 같은 것들이 찾아낼 수 있는 더러운 곳에는 아마 안 계실 게다.

맥다프 가족의 피살 _ 16세기 판화

자객   그자는 역적이다.
아들   당신은 거짓말쟁이야! 털보, 악당이라고!
자객   요 새끼 좀 봐라. *(칼로 찌른다.)* 송사리 역적 같으니!
아들   사람 죽이네. 엄마, 엄마는 제발 빨리 달아나세요. *(죽는다.)*

    ❦ *맥다프 부인이 "살인이다!" 하고 외치며 달아난다. 자객들이 쫓아 들어간다.*

4막 3장

잉글랜드. 에드워드 참회 왕의 궁궐 앞.

🍇 *맬컴과 맥다프가 등장한다.*

맬컴 어디 쓸쓸한 그늘을 찾아가서 우리의 슬픈 가슴이 시원해지도록 울어나 봅시다.

맥다프 아니, 그보다는 쓰러진 조국을 용사답게 죽음의 칼을 들고 지켜냅시다. 새로운 아침이 될 때마다 새로운 과부들이 통곡하고, 새로운 고아들이 아우성치며, 새로운 비탄이 하늘을 뒤흔들어대는데, 하늘도 스코틀랜드에 공명하는지, 똑같이 비통한 소리를 외치거든요.

맬컴 나는 믿는 일이라면 슬퍼할 테고 아는 일이라면 믿을 거요. 그리고 내가 구제할 수 있는 일이라면 좋은 시기를 만났을 때 구제할 거요. 당신이 한 말이 사실일는지도 모르지요. 그 이름을 입에만 올려도 혀를 곪게 하는 저 폭군도 한 때는 정직한 인간이라고 여겨졌지요. 당신 자신도 전에는 그자를 매우 존경했고, 그자 역시 당신에게는 아직 손을 대지 않고 있지요. 나는 나이가 어리지만 당신은 나를 이용하면 그자의 환심을 살 수 있을 거요. 분노한 신을 달래기 위해서는 약하고 불쌍하고 죄 없는 어린양을 제물로 바치는 것이 현명한 수단이거든요.

맥다프 저는 배신하지 않아요.

맬컴 하지만 맥베드는 배신했지요. 선량하고 덕성스러운 성품도 군주의 위세 앞에서는 무너지게 마련이지요. 그러나 용서하세요. 당신의 인품은 내 생각에 따라 변할 리가 없지요. 가장 빛나는 천사가 타락했다 해도 천사들은 여전히 빛나며, 비록 온갖 추한 것이 미덕의 가면을 쓴다 해도 미덕은 여전히 미덕으로 보일 수밖에 없거든요.

맥다프 저는 희망을 잃고 말았어요.

맬컴 아마 그 점에 관해서도 나는 의혹을 느낀 바가 있지요. 당신은 왜 저 소중한 인정의 근원이며 애정의 강한 매듭인 처자식을 작별의 인사도 없이 그런 위험 속에다 내버려둔 거요? 나의 의심이 당신의 모욕이라고는 생각하지 말아요. 이건 나의 자기 방어일 뿐이니까요. 내가 어떻게 생각하든 당신은 올바른 분일는지도 모르지요.

맥다프 불행한 조국이여, 피를 흘려라, 피를! 무서운 폭정이여, 선(善)도 이제는 너를 저지하지 못하니 너의 토대를 튼튼히 잡아라! 네 멋대로 악행을 저질러라. 너의 권리는 확인되었어! 전하, 저는 이만 물러가겠어요. 저는 전하께서 의심하시는 그런 악인이 되고 싶지는 않아요. 저 폭군이 쥐고 있는 모든 영토에다 풍요로운 동쪽 지방을 덧붙여 준다 해도 말이에요.

맬컴 화내지 말아요. 당신을 의심해서 이런 말을 한 건 아니거든요. 나 역시 조국이 압제 밑에 가라앉고 있다는 생각을 하고 있어요. 조국은 울고 피를 흘리며, 날마다 새로운 상처가 과거의 상처들에 추가되고 있지요. 또한 나를 위해 궐기할 사람들도 있을 것이라고 생각하고 있지요. 사실 인자하신 잉글랜드 왕으로부터 정예 군사 수천 명을 지원해주겠다는 제의도 받았지요. 그러나 내가 다행히도 저 폭군의 머리를 짓밟거나 그의 목을 베어 머리를 내 칼끝에 꿰어 들게 된다 해도, 역시 나의 불행한 조국은 예전보다 더 심한

	죄악이 자행되는 것을 보고 예전보다 더 지독한 각종 고난을 겪게 될 거요. 저 폭군의 뒤를 잇는 후계자 때문에 그렇단 말이오.
맥다프	후계자란 누구를 말하는 건가요?
맬컴	그건 나 자신이다 이거요. 나는 나 자신을 잘 알고 있지만, 내 몸에는 온갖 악덕이 접목되어 있어서 그것들이 싹트는 날이면 시커먼 맥베드도 눈처럼 순백색으로 보일 거요. 그리고 한없는 나의 악덕과 비교할 때 불행한 국민들은 그놈을 어린양처럼 생각하게 될 거요.
맥다프	무서운 지옥의 악마들 무리 가운데 악행에 있어서 맥베드를 능가할 놈은 있을 수 없지요.
맬컴	사실 그놈은 잔인, 호색, 탐욕, 허위, 사기, 성급함, 악의 등 이름을 가진 온갖 죄악이란 죄악은 모조리 지니고 있는 놈이지요. 하지만 나의 음욕으로 말하자면 그 밑바닥이 없다고요. 남의 아내, 딸, 유부녀, 처녀, 이것들을 가지고도 내 정욕의 물통을 채우지는 못해요. 나의 욕정은 만족을 방해하는 장애물을 모조리 넘치는 물로 떠내려 보내고 말 거요. 이러한 통치자보다는 그래도 맥베드가 낫지요.
맥다프	한없는 방탕은 인성(人性)에 대한 일종의 포악이지요. 이 때문에 행복한 왕좌는 뜻밖에 빈자리가 되었고, 수많은 국왕들이 파멸하고 말았지요. 그러나 전하의 당연한 권리를 행사하시는 일에 대해서는 염려 마십시오. 쾌락을 은밀히 얼마든지 만족시키면서도 시치미를 딱 떼고 세상을 속일 수도 있거든요. 자진하여 응낙할 여자도 얼마든지 있고요. 국왕의 의향을 눈치 채면 스스로 몸을 바치는 여자는 헤아릴 수도 없이 많고, 아무리 탐욕스럽다 해도 도저히 다 상대해 낼 수는 없는 일이지요.

맥다프 : 전하가 친히 고백하신 그 악덕들 때문에
저는 스코틀랜드로부터 영영 추방되고 말 거라고요
맥다프로 분장한 19세기 배우 테이버 Robert Taber

맬컴   그뿐만 아니라, 나의 타고난 나쁜 근성 속에는 한없는 탐욕이 성장하여, 내가 왕이 되는 날에는 귀족들의 목을 베어 영지를 몰수하고, 갑의 보석, 을의 저택을 탐내며, 뺏으면 뺏을수록 탐욕은 구미를 더해 가지고 결국 부당한 시비를 걸고 재산을 노려 충성스런 양민들을 멸망시키고 말 거요.

맥다프   그 탐욕은 여름철같이 왕성한 욕정보다 더 뿌리가 깊고 더 해로운 것이지요. 사실 오늘날까지 우리의 수많은 국왕들이 탐욕이라는 칼에 쓰러졌지요. 하지만 염려 마십시오. 스코틀랜드에는 전하 자신의 영지만으로도 전하의 욕망을 충족시킬 만한 자원은 있으니까요. 그런 건 다른 미덕으로 보상만 되면 모두 문제가 아니지요.

맬컴	하지만 나에게는 미덕이 전혀 없다고요. 왕자다운 미덕, 가령 공정, 진실, 절제, 지조, 관인, 불굴, 자비, 겸손, 경건, 인내, 용기, 불요불굴의 정신 등 그러한 미덕은 전혀 구비하지 못했고, 오히려 죄악이란 죄악은 모조리 지니고, 실제로 다방면으로 죄악을 범하고 있지요. 사실 나는 권력을 잡으면 화목의 달콤한 젖은 지옥에 쏟아 붓고 세계의 평화를 교란하며, 지상의 온갖 질서를 교란하고 말 거요.
맥다프	아, 스코틀랜드! 스코틀랜드!
맬컴	이러한 인간도 통치할 자격이 있는지 어디 말해 보세요. 나는 그러한 위인이지요.
맥다프	통치할 자격이라고? 천만에! 생존할 자격조차 없지요. 아, 가련한 겨레여! 너는 피 묻은 홀(笏)을 쥔 찬탈자의 지배를 언제 벗어나서 다시 편한 날을 보게 될 것인가? 네 왕실의 정통을 이을 후계자는 계승권을 스스로 저주하며 자기 혈통을 비방하고 있잖은가? 선왕께서는 성자 같은 임금이셨고, 전하의 생모이신 왕후께서는 서 있는 시간보다 더 많은 시간을 신 앞에 꿇어앉아 보내셨고 내세를 위한 고행의 생활을 하셨지요. 그럼 안녕히 계세요! 전하가 친히 고백하신 그 악덕들 때문에 저는 스코틀랜드로부터 영영 추방되고 만 거라고요. 아, 내 가슴아, 이제는 희망도 사라져 버렸어!
맬컴	맥다프, 진실의 아기인 이 고결한 비탄은 나의 영혼에서 시커먼 의혹을 씻어버렸고, 내 마음은 당신의 성의와 명예를 믿게 되었지요. 저 악마 같은 맥베드는 각종 술책으로 나를 손아귀에 넣으려고 꾀했거든요. 그래서 나도 경솔하게 사람을 믿지 않으려고 경계해 온 거요. 그러나 하느님, 이제는 우리 두 사람의 증인이 되어 주십시오! 이제부터 나는 당신의 지도를 따르고, 나 자신에 대해 조

금 전에 한 비난은 취소하겠어요. 그리고 내가 나 자신에 가한 결점과 비난은 나의 본성과는 전혀 무관하다는 것을 이 자리에서 맹세하겠어요. 나는 아직 여자를 모르는 숫총각이며 위증이란 해본 적도 없지요. 내 물건조차 탐내 보지 않았고 신의를 저버린 적도 없어요. 상대가 악마라도 배신하진 않았으며 진실을 생명처럼 애호하는 사람이지요. 나의 거짓말은 아까 그것이 생전 처음 한 거요. 이 진실한 나를 이제 당신과 불행한 조국의 지시에 맡기겠어요. 사실은 당신이 이곳에 도착하기 전에 늙은 시워드가 장비를 갖춘 일 만 명의 정예 군사들을 거느리고 이미 출동했지요. 자, 우리도 같이 떠납시다. 성공의 기회가 우리의 대의명분과 일치하기를 빕니다! 당신은 왜 아무 말이 없는 거요?

맥다프   희망과 절망이 이렇게 같이 찾아왔으니 나는 어떻게 조화시켜야 좋을지 모르겠거든요.

🌺 *전의(典醫)가 궁궐에서 나온다.*

맬컴   그럼, 나중에 또 만납시다. *(전의에게)* 국왕께서 행차하시는가요?
전의   예, 한 무리의 불쌍한 사람들이 폐하의 치료를 기다리고 있지요. 그들의 병은 탁월한 의술로도 치료의 효험을 얻을 수 없지만, 폐하의 손에는 신의 영험이 내렸기 때문에 폐하께서 손으로 만지시면 환자가 곧 나아버리거든요.
맬컴   고마워요, 전의 선생. *(전의가 퇴장한다.)*
맥다프   무슨 병이 낫는다는 말인가요?
맬컴   소위 연주창이라는 병이지요. 이 선한 군주가 일으키는 비상한 기적을 나도 잉글랜드에 온 이후에 자주 목격했어요. 그가 어떻게 그런 영험을 얻었는지는 국왕 자신만이 알고 계시지요. 하여튼 괴상한 병에 걸려, 차마 볼 수 없을 정도로 부어서 곪고, 의사도 속수무책인 환자들의 병을 국왕은 낫게 하시지요. 환자의 목에 금화를 한 개 걸어 주고는 성스러운 기도를 드려서 고치는 거라고요. 그리고 듣자하니 이 복된 치료법은 대대로 국왕이 물려받는다고 하지요. 이 신기한 영험뿐 아니라 천부적인 예언 능력도 구비하시고 온갖 축복이 옥좌를 둘러싸고 있는데, 이것은 국왕이 신의 축복을 받고 계신 증거지요.

🌸 로스가 등장한다.

맥다프   저기 누가 오는군요.
맬컴   나의 동포지만 나는 아직 그가 누군지 모르겠어요.
맥다프   아, 난 또 누구신가 했지요. 잘 오셨어요.
맬컴   아, 이젠 알아보겠어요. 하느님, 우리가 동포끼리 서로 멀리하게 만드는 원인을 빨리 제거해 주십시오!
로스   아멘!
맥다프   스코틀랜드는 여전히 똑같은 형편인가요?
로스   아, 자기 모습을 알기조차 두려워하는 비참한 조국이여! 그건 우리의 모국이 아니라 우리의 무덤이지요. 천치가 아니고는 누구 하나 웃는 얼굴을 보이는 사람이 없어요. 하늘을 찢는 탄식, 신음, 규탄 등이 들려도 아무도 관심을 갖지 않고요. 격심한 비탄도 예사로운 수작으로 밖에는 보이지 않아요. 장례식의 종이 울려도 누가 죽었는지 물어 보는 사람조차 없어요. 선량한 사람들의 목숨은 모자에 꽂힌 꽃보다 더 쉽게 시들고, 병도 안 걸린 채 죽어가지요.

맥다프	아, 너무나도 상세하지만 역시 너무나도 진실한 얘기야!
맬컴	최근의 비참한 일은 뭐요?
로스	한 시간 전의 비참한 일을 얘기하는 사람은 조롱을 당하지요. 일 분마다 비참한 일이 새로 일어나고 있거든요.
맥다프	내 아내는 어떻게 지내는가요?
로스	그저 무사하시지요.
맥다프	나의 모든 자녀들은?
로스	역시 잘 있지요.
맥다프	저 폭군이 그들의 평화를 깨어버리지 않았다는 거요?
로스	그렇지요. 제가 그들 곁을 떠날 때에는 그들이 잘 있었지요.
맥다프	왜 그렇게 말이 인색하지요? 도대체 어떻게 되어 가고 있는 거요?
로스	제가 슬픈 소식을 가지고 이곳에 올 때 들은 소문인데, 수많은 의사(義士)들이 궐기했다는군요. 현재 저 폭군의 병력이 출동한 걸 보아도 이 소문은 더욱 사실인 것 같아요. 마침내 지원군을 보내야 할 때가 왔지요. 전하께서 스코틀랜드에 나타나시기만 하면 군사들이 몰려들고 여자들까지 싸울 거예요. 자신들의 비참한 고통을 제거하기 위해서 말이지요.
맬컴	이제는 동포들이 안심해도 좋아요. 우리는 조국을 향해 출발할 참이거든. 인자하신 잉글랜드 국왕은 명장 시워드의 지휘 아래 일만 명의 병력을 빌려 주셨지요. 그분만큼 노련한 명장은 그리스도교 천지에 둘도 없어요.
로스	아, 이 뜻밖의 기쁜 소식에 똑같은 기쁜 보고를 할 수 있다면 얼마나 좋겠어요? 하지만 제 소식은 들을 사람도 없는 황야에서나 외쳐야 할 성질의 것이지요.
맥다프	도대체 무슨 내용인데 그러는 거요? 그건 일반적인 거요? 아니면,

	어떤 개인에 관한 특정한 슬픔인가요?
로스	참된 사람이면 누구나 그 슬픔을 어느 정도는 같이 하지 않을 수 없을 거요. 그러나 주로 당신 개인에 관한 것이지요
맥다프	나에 관한 것이라면 숨기지 말고 빨리 말해 주세요.
로스	당신이 생전 처음 듣는 슬픈 소리를 들려드려야겠지만, 당신의 귀가 저의 혀를 영원히 원망하지 않기를 빌어요!
맥다프	음! 짐작은 하겠어요.

로스	당신의 성은 기습을 당했고 당신 부인과 어린 자녀들은 참혹하게 살해되었어요. 그 광경을 설명했다가는 저 참혹하게 살해당한 사슴들의 시체 위에 당신 시체를 쌓는 격이 될 거요.
맬컴	아이고, 하느님! 이거 보세요! 그렇게 모자로 당신 얼굴을 가리지 말고, 슬픔을 말로 토론하세요. 토론할 길 없는 슬픔은 벅찬 가슴에 속삭이고 마침내 가슴을 터지게 하고 마니까.
맥다프	나의 어린 자녀들도 살해되었나요?

로스	예, 부인, 어린애들, 하인들 등 눈에 뜨이는 대로 모조리 살해되었지요.
맥다프	그런데 나는 그곳을 떠나 있어야만 하다니! 내 아내도 살해되었다고?
로스	예, 그렇다니까요.
맬컴	진정하세요. 자, 우리의 거창한 복수의 약을 조제해서 죽음과 같은 이 비탄을 치료합시다.
맥다프	음, 그자는 자식들이 없어. 나의 귀여운 애들이 모조리? 당신은 모조리라고 말했지요? 아, 지옥의 독수리 같으니! 모조리라니? 아니, 나의 귀여운 병아리들과 어미 닭을 단번에 모조리 채갔다는 거요?
맬컴	대장부답게 참으세요.
맥다프	참겠어요. 하지만 대장부라 해도 역시 슬퍼할 수밖에 없지요. 나에게는 보배와 같은 처자식들이 있었다는 사실을 돌이켜 생각하지 않을 수 없군요. 하늘은 가만히 방관하기만 했단 말인가? 죄 많은 이 맥다프 같으니. 나 때문에 모두 참혹하게 살해당했어! 그들은 아무 죄도 없는데 내 실수 때문에 그들이 살육되었다니 내가 나쁘지. 신이여, 이제 그들의 영혼에게 안식을 주십시오!
맬컴	이 일을 당신의 칼을 가는 숫돌로 삼고, 슬픔이 분노로 변하게 하세요. 마음을 무디지 않게 하고 오히려 분발시키세요.
맥다프	아, 눈으로는 여자처럼 울고, 혀로는 허풍쟁이처럼 떠들 수 있다면 얼마나 좋겠는가! 하지만 하느님, 지연되는 시간을 모두 단축시켜 하루 속히 제가 저 스코틀랜드의 악마와 맞서게 하시고, 그놈을 제 칼이 닿는 곳에 놓아 주십시오. 만일 그놈이 제 칼날을 면한다면 그때는 그놈을 용서해 주셔도 좋다고요!
맬컴	참으로 대장부다운 말씀이군요. 자, 국왕 폐하 앞으로 가봅시다.

우리 군대는 출동을 대기 중이지요. 이제는 작별 인사만이 남았어요. 맥베드는 다 익어 있으니 흔들면 떨어지게 마련이지요. 천사들의 군대가 우리에게 가담해요. 그러니 최대한 기운을 냅시다. 아무리 긴 밤도 날은 새거든요. *(모두 퇴장한다.)*

던시네인 성의 한 방.

🍀 *시의(侍醫)와 시녀가 등장한다.*

시의   이틀 밤이나 당신과 함께 지켜보았지만 난 당신이 얘기한 것을 사

	실이라고 수긍할 수가 없어요. 최근에 왕비께서 그렇게 걸어 다니신 게 언제였지요?
시녀	저는 폐하께서 출정하신 이후부터 목격해 왔어요. 왕비께서는 침대에서 일어나 잠옷을 걸치신 다음, 옷장을 열어 종이를 꺼내셨으며 종이를 접고 거기 글을 쓰고 읽어보신 뒤 봉해 가지고 침대로 되돌아가셨어요. 그런데 그동안 내내 깊은 잠에 빠진 상태였어요.
시의	수면의 혜택을 받는 동시에 생시와 같이 행동하시다니 극심한 정신착란인 모양이군요! 그런데 그러한 몽유 상태에서 걸어 다니며 여러 가지 일들을 하실 때 왕비께서 뭔가 말씀하시는 걸 들은 적은 없는지요?
시녀	있어요. 하지만 남에게 말하기는 거북한 내용이에요.
시의	나한테는 말해도 상관없어요. 얘기해 보세요.
시녀	선생님에게든 다른 누구에게든 안 되요. 제 얘기를 보증할 사람은 아무도 없거든요.

🌿 *맥베드 부인이 촛불을 들고 등장한다.*

시녀	저거 보세요. 나타났어요! 바로 저런 모습이에요. 정말이지 깊은 잠에 빠진 상태라고요. 여기 숨어서 좀 보세요.
시의	왕비께서 저 촛불은 어떻게 손에 들었지요?
시녀	저건 왕비 머리맡에 있던 촛불이에요. 왕비께서는 자기 머리맡에 항상 촛불을 켜두라고 분부하셨거든요.
시의	저걸 봐요. 눈은 떠 있군, 그래.
시녀	예, 하지만 두 눈의 감각은 닫혀 있어요.

시녀 : 바로 저런 모습이에요.
_헨리 싱글턴 작

시의	도대체 저게 무슨 동작이지요? 저렇게 손을 문지르고 계시니 말이오.
시녀	저렇게 손을 씻는 시늉을 언제나 하시지요. 저런 동작을 십오 분 가량이나 계속하는 경우도 있어요.
맥베드 부인	아직도 여기 흔적이 남아 있어.
시의	가만히! 왕비께서 말씀을 하신다고요! 내 기억을 충분히 뒷받침하기 위해 왕비께서 하시는 말씀을 적어 두어야겠어.
맥베드 부인	지워져라, 망할 흔적 같으니! 지워지라니까! 하나, 둘. 이제는 단행할 시각이야. 지옥은 캄캄하기도 하구나! 아니, 여보, 무인(武人)이 겁을 내는 거예요? 누가 알까 봐 우리가 겁낼 건 없잖아요? 우

시의	리의 권력을 시비할 자는 없잖아요? 하지만 그 늙은이에게 그렇게 피가 많을 줄이야 누가 생각인들 했겠어요?
시의	*(시녀에게)* 듣고 있지요?
맥베드 부인	파이프 영주에게는 아내가 있었지. 그 부인은 지금 어디 있어? 제기랄, 이 손들은 도저히 말끔히 씻어지지는 않는단 말인가? 그만두세요. 여보, 이제 제발 그만 두라고요. 그렇게 겁을 내시면 일을 다 망치고 말아요.
시의	저런, 저런! 당신은 알아서는 안 될 일을 알고 말았군.
시녀	정말이지 왕비께서는 해서는 안 될 말씀을 하시고 마는군요. 그것은 하느님이나 알 내용이에요.
맥베드 부인	여기서는 아직도 피비린내가 나. 아라비아의 모든 향수를 가지고도 이 작은 손 하나를 말끔히 씻어내지는 못하겠어. 아! 아! 아!
시의	무슨 탄식이 저렇단 말인가! 마음이 대단히 무거우신 모양이군.
시녀	저 같으면 온몸에 존엄의 권위를 가진다 해도 가슴에 저런 마음을 갖는 건 싫어요.
시의	옳지, 옳아, 옳다고.
시녀	제발 낫게 해드리세요, 선생님.
시의	이 병은 내 힘으로는 고칠 도리가 없어요. 하긴 몽유병자 중에도 편안히 운명한 사람들이 없지도 않지요.
맥베드 부인	당신 손을 씻고 잠옷을 입으세요. 그렇게 질린 표정을 하지 말아요. 당신에게 다시 말해두지만, 뱅코우는 이미 파묻힌 사람이에요. 무덤에서 살아나올 순 없어요.
시의	심지어 그 일마저도 그랬다?
맥베드 부인	자, 침실로 가요, 침실로. 누군가 대문을 노크하고 있어요. 자, 자, 자, 자, 손을 이리 내밀어요. 해버린 일은 어떡할 수 없어요. 자, 침

실로 가요, 침실로. 침실로 가자고요. *(퇴장한다.)*

시의   왕비께서는 이제 침실로 가시는 거요?

시녀   예, 곧장 가시지요.

시의   흉한 소문이 퍼지고 있어요. 순리를 거스르면 부자연스러운 혼란이 생기게 마련이고, 병든 마음은 귀도 없는 베개에다가 심중의 비밀들을 누설하는 법이지요. 왕비에게는 의사보다도 신부님이 더 필요해요. 하느님, 우리를 모두 용서해 주십시오! 왕비를 잘 돌보아 드리세요. 위험한 도구들은 왕비 곁에서 치우고 왕비를 항상 지켜보세요. 그러면 잘 자요. 이제 내 의식은 어리둥절해지고 눈은 혼란해져 버렸어요. 생각은 하지만 감히 말할 수는 없다고요.

시녀   선생님, 안녕히 주무세요. *(두 사람이 퇴장한다.)*

던시네인 부근의 시골.

🍀 북과 군기를 든 군사들에 이어, 맨티스, 케이스네스, 앵가스, 레녹스, 군사들이 등장한다.

맨티스   맬컴과 그의 숙부 시워드, 그리고 용감한 맥다프의 지휘 아래 잉글랜드 군이 다가오고 있어요. 그들은 복수심에 불타고 있지요.

	사실 골수에 사무친 그들의 원한을 안다면 싸늘한 시체마저도 분개하여 벌떡 일어나 처참한 공격에 참가할 거요.
앵가스	그들은 아마도 버넘 숲 근처에서 우리와 만나게 될 테지요. 저쪽 길로 진격해 오는 걸 보니까 말이에요.
케이스네스	도날베인 왕자가 자기 형과 같이 있는지 누가 알겠어요?
레녹스	그는 분명히 자기 형과 함께 있지는 않아요. 나는 명문 출신인 사람들 전체의 명부를 가지고 있는데 거기에는 시워드의 아들을 비롯하여 아직 수염도 나지 않은 수많은 미성년자들이 들어 있다고요.
맨티스	저 폭군은 지금 뭘 하고 있지요?
케이스네스	던시네인 성의 방어를 강화하고 있어요. 그자가 광란한다고 말하는 사람들이 있는가 하면, 그자에 대한 증오심이 좀 덜한 사람들은 그것을 맹렬한 분노라고 하지요. 하지만 그자가 광란하는 자기 마음을 자제력의 혁대 안에 졸라매어 둘 수 없다는 건 분명해요.
앵가스	이젠 그자도 자기 두 손에 달라붙어 있는 은밀한 살해를 느낄 거요. 지금 시시각각으로 반란이 일어나서 그자의 반역을 비난하고 있거든요. 그자의 휘하에 있는 군사들은 강요당하여 명령에 움직이고 있을 뿐, 절대로 충성심에서 움직이는 게 아니지요. 거인의 옷을 난쟁이가 훔쳐 입은 것처럼 왕의 칭호도 자기 몸에는 헐렁하다는 걸 지금은 그자도 느낄 거요.
맨티스	하기야 그자의 어지러운 마음이 위축되고 질겁하는 것도 무리는 아니지요. 그자의 마음 자체가 자기 존재를 저주하는 판이니까.
케이스네스	자, 우리는 진군하여 정당한 분에게 충성을 바칩시다. 병든 이 나라를 치료할 의사를 만나 그분과 더불어 우리나라를 정화하기 위해 최후의 한 방울까지 우리 피를 바칩시다.
레녹스	예, 충분히 피를 바쳐 군주의 꽃은 이슬로 적시고, 잡초는 송두리

째 없애 버립시다. 자, 그럼, 버넘으로 진군합시다. *(모두 진군하면서 퇴장한다.)*

던시네인 성의 안뜰.

🌸 *맥베드, 시의, 시종들이 등장한다.*

맥베드 보고서는 이제 그만 가져와라. 달아날 놈은 모두 달아나라고 해라. 버넘 숲이 던시네인으로 움직여 오지 않는 한, 난 결코 겁낼 게 없어. 애송이 맬컴이 다 뭐냐? 여자의 몸에서 태어난 놈이 아닌가? 인간의 운명을 모조리 알고 있는 정령들이 나에게 이렇게 확언한 바 있어. "맥베드, 염려하지 마라. 여자가 낳은 사람들 가운데 당신을 이길 자는 결코 없을 게야."라고 말이지. 그러니 믿지 못할 영주 놈들아, 멋대로 달아나서 잉글랜드의 놈팡이들과 한 패가 되라. 내가 좌우하는 의지가, 내가 지닌 용기가 의심이나 불안 따위 때문에 꺾이거나 흔들릴 것 같으냐 이 말이다.

🌸 *하인이 등장한다.*

맥베드	악마한테 시커멓게 화장이나 당해라! 그 새파래진 낯짝은 뭐냐? 요런 병신 같으니! 어디서 그런 거위 같은 표정을 주워 왔어?
하인	약 일 만이나 되는데 말이에요.
맥베드	아니, 거위들이?
하인	군사들 말이에요.
맥베드	네 낯짝을 찔러서 얼굴에 피라도 돌게 해. 겁쟁이 놈 같으니. 이 못난 놈아, 군사는 무슨 군사란 말이냐? 뒈져 버려! 창백한 너의 두 뺨은 겁을 먹었다는 증거지 뭐냐? 낯짝이 창백한 놈아, 무슨 군사란 말이냐?
하인	잉글랜드의 군사들 말이에요. 황송합니다.
맥베드	네 낯짝은 보기도 싫어. 썩 꺼지지 못해? *(하인이 퇴장한다.)* 이봐, 시튼! *(명상에 잠겨서)* 저런 낯짝을 보면 내 속이 메스꺼워. 이봐, 시튼, 거기 없느냐? 이번 전투로 나는 영원히 기쁨을 누리거나 몰락을 당하거나 할 게야. 나는 살만큼 살았어. 나의 생애도 누렇게 시든 낙엽의 시기에 접어들었어. 더욱이 노년기에 동반되어야만 할 명예, 애정, 복종, 친구들 등은 나하고 전혀 인연이 없어. 오히려 그 대신에 소리는 낮지만 뿌리 깊은 저주, 아첨, 빈말 따위가 달라붙는데, 나는 물리치고 싶어도 마음이 약해서 어디 물리칠 수가 있어야지? 이봐, 시튼!

🍀 *시튼이 등장한다.*

시튼	무슨 분부신지요?
맥베드	그 후의 정세는 어떤가?
시튼	보고된 내용은 모두 사실로 판명되었지요.

맥베드	나는 내 뼈에서 살이 깎여질 때까지 싸울 테야. 내 갑옷을 가져와라.
시튼	아직은 그렇게까지 하실 필요가 없어요.
맥베드	아니, 난 갑옷을 입을 테야. 기병들을 더 파견하여 전국을 순찰시켜라. 비겁한 놈들은 교수형에 처해 버려. 내 갑옷을 당장 가져와. *(시튼이 갑옷을 가지러 나간다.)* 시의, 환자의 병세는 어떠한가?
시의	폐하, 그다지 중하지는 않군요. 왕비께서는 병환이라기보다는 격심한 망상에 고민하고, 따라서 안식을 얻지 못 하는 듯 하지요.
맥베드	그러기에 그걸 고쳐 달라는 거요. 그래, 당신은 마음의 병은 치료할 수 없단 말인가? 뿌리 깊은 근심을 기억에서 뽑아내고, 뇌수에 찍혀진 고뇌를 지워 줄 수 없단 말인가? 상쾌하고 감미로운 망각의 해독제라도 써서 마음을 짓누르는 위험물을 답답한 가슴에서 제거해 줄 수 없단 말인가?
시의	그런 건 환자 자신이 치료해야만 하지요.

🌺 *시튼이 갑옷을 들고 무구(武具) 담당자와 함께 등장한다. 무구 담당자는 곧 맥베드에게 갑옷을 입히기 시작한다.*

맥베드	의술 따위는 개에게나 던져 줘라. 나한테는 필요 없으니까. 자, 내 갑옷을 입혀 줘. 지휘봉도 이리 주고 말이야. 시튼, 군대를 파견하라. 시의, 영주들이 나를 떠나 도주하고 있어. 자, 어서 입혀라. 시의, 당신의 힘으로 이 나라에 대해 오줌을 검사하여 병의 증상을 찾아낸 다음 독을 완전히 씻어내고 다시 회복시킬 수 있다면 나는 당신을 찬양할 거요. 그 찬양의 소리가 메아리로 울리고 그 메아

	리가 다시 이쪽으로 울려 올 정도로 말이야. 그것을 벗기라니까. 대황(大黃)이나 세나(緩下劑), 또는 다른 어떤 하제라도 써서 잉글랜드 놈들을 이곳에서 쓸어낼 도리는 없을까? 그놈들 소문을 들었는가?
시의	예, 들었습니다. 폐하의 전쟁 준비로 저희들도 소문을 듣게 되었지요.
맥베드	그 갑옷을 가지고 따라와. 난 이제 죽음도 파멸도 무섭지 않아. 버넘 숲이 던시네인으로 옮겨오지 않는 한 말이야. *(맥베드가 퇴장한다. 시튼은 무구 담당자와 함께 뒤따라 퇴장한다.)*
시의	이 던시네인에서 탈출할 수만 있다면 난 아두리 좋은 수가 생긴다해도 다시는 돌아오지 않을 테야. *(퇴장한다.)*

5막 4장

버넘 숲 부근의 시골.

　　북과 군기. 맬컴, 시워드, 맥다프, 시워드의 아들, 맨티스, 케이스네스, 레녹스, 로스, 병사들이 진군하며 등장한다.

맬컴	여러분, 이젠 우리가 안방에서 편히 쉴 날도 머지않은 것 같군요.
맨티스	그건 의심할 여지도 없어요.

시워드	우리 앞에 있는 저기 저 숲은 뭐지요?
맨티스	버넘 숲이지요.
맬컴	군사들에게 각자 나뭇가지를 하나씩 베어내어 자기 앞에 들게 합시다. 그렇게 하면 아군의 숫자를 숨길 수 있고, 적의 척후병이 오보를 하도록 만들 거요.
병사	예, 잘 알았습니다.
시워드	추측컨대 자신만만한 저 폭군은 던시네인에서 농성한 채 아군의 포위를 대기하고 있는 모양이군요.
맬컴	그것만이 그놈의 유일한 희망이지요. 기회만 있으면 아래위가 모두 반란을 일으켰고, 이제는 할 수 없이 붙어있는 자들밖에 남지 않았는데 그들의 마음도 역시 떠나버린 상태거든요.
맥다프	우리 쪽 판단의 정확성 여부는 결과에 따라 판명될 거요. 어쨌든 우리는 용사의 직분을 다합시다.
시워드	우리의 예상과 전과(戰果)를 정확히 심판하여 알려 줄 그 때가 다가오고 있지요. 흔히 불확실한 희망적 관측을 하지만, 확실한 결과

시워드 : 우리 앞에 있는 저기 저 숲은 뭐지요?

는 전투가 판정할 성질의 것이지요. 자, 전투를 향해 진군합시다.
(모두 진군하면서 퇴장한다.)

던시네인 성의 안뜰.

🍀 맥베드, 시튼, 그리고 북과 군기 등을 든 병사들이 등장한다.

맥베드   우리 군기를 바깥 성벽에 내다 걸어라. '적이 온다!' 는 저 함성은 여전하군. 이 성은 난공불락(難攻不落)이야. 포위가 다 뭐냐? 놈들이 기아와 질병한테 다 잡아먹힐 때까지 내버려둬라. 우리를 등진 반역자들이 놈들에게 가세하지만 않았어도 이쪽에서 쳐 나가서 수염을 맞대고 싸워 놈들을 제 나라로 쫓아버릴 수 있었을 게야. *(안에서 여자들의 비명.)* 저 소리는 뭔가?

시튼   부인들의 울음소리군요. *(퇴장한다.)*

맥베드   나는 이제 공포의 맛도 거의 다 잊어버렸어. 밤에 비명소리를 들으면 간담이 서늘해진 때도 있었지. 무서운 이야기를 들으면 머리칼이 살아 있는 듯 곤두서서 움직이던 때도 있었어. 공포는 실컷 맛본 나야. 이젠 살인의 기억도 예사가 되고 아무리 무서운 일에도 나는 끄떡하지 않거든.

※ *시튼이 다시 등장한다.*

맥베드   뭣 때문에 우는 소리냐?

시튼   왕비께서 운명하셨어요.

맥베드   지금이 아니라도 어차피 죽어야 할 사람이야. 한 번은 그런 소식이 있고야 말 게 아닌가! 내일, 내일, 또 내일은 날이면 날마다 살금살금 인류 역사의 마지막 음절(音節)에 이르기까지 기어가고 있고, 어제라는 날들은 모두 바보들에게 무덤으로 가는 길을 비추어 주었거든. 짧은 촛불아, 꺼져버려라, 꺼져버려! 인생이란 한낱 걸어 다니는 그림자야. 또한 제 시간에는 무대 위에서 활개치고 안달하지만 얼마 안가서 영영 잊혀져 버리는 가련한 배우지. 글쎄, 천치가 떠드는 이야기 같다고나 할까? 고래고래 소리를 치지만 아무 의미도 없어.

맥베드 : 인생이란 얼마 안가서 영영
잊혀져 버리는 가련한 배우지.
_ F.W. 페어홀트 작

🐝 사자가 등장한다.

맥베드   너는 혓바닥을 놀리러 왔구나. 빨리 말해 보라.
사자   폐하, 제 눈으로 확실히 본 일을 보고해야겠어요. 그러나 어떻게 보고해야 좋을지 모르겠군요.
맥베드   자, 말해 봐라.
사자   저는 언덕 위에서 보초를 서면서 버넘 쪽을 바라보고 있었는데, 느닷없이 숲이 움직이기 시작하는 것 같았지요.
맥베드   이 고약한 거짓말쟁이 같으니!
사자   사실이 아니라면 어떠한 노여움이라도 감수하겠어요. 삼 마일 이

|맥베드| 내의 지점에서 확실히 이쪽으로 오고 있다고요.

네 말이 거짓말이라면 이 근처 나무에다 너를 산 채로 매달아 굶어 죽게 할 테야. 네 말이 사실이라면 네가 나를 그렇게 해도 좋아. 내 결심이 흔들리고 있다니! 악마들이 그럴듯하게 참말같이 꾸며대어 거짓말을 한 건 아닐까? "버넘 숲이 던시네인으로 오지 않는 한 염려하지 말라."고 했으니까. 그런데 지금 숲은 던시네인으로 다가와. 무기를 들어라, 무기를 들어! 자, 출격이다! 저놈이 한 말이 사실이라면 이젠 피할 수도 지체할 수도 없어. 이젠 태양도 보기 싫어졌어. 이 세상의 질서가 무너져 버렸으면 좋겠어! 경종을 울려라! 바람아, 불어라! 파멸이여, 오라! 적어도 갑옷이나 걸치고 죽자. (허둥지둥 퇴장한다. 모두 퇴장한다.)

5막 6장

던시네인 성문 앞.

🎵 *북과 군기. 맬컴, 시워드, 맥다프, 휘하 군대가 나뭇가지를 앞에 들고 등장한다.*

|맬컴| 자, 다 왔군요. 여러분은 이제 나뭇잎의 위장을 벗어던지고 원래의 모습을 드러내세요. 숙부께서는 제 사촌인 당신 아들과 함께

	제1진을 지휘해 주세요. 맥다프와 나는 작전 계획대로 나머지 전부를 맡을 테요.
시워드	잘 가시오. 오늘 밤 폭군의 군대를 만나면 최후까지 분전해야 할 거요.
맥다프	나팔이란 나팔은 모두 힘차게 불어라. 유혈과 살육을 요란하게 미리 알리는 나팔을 불란 말이야.

🌿 *나팔을 불며 진군한다. 모두 퇴장한다.*

5막 7장

같은 장소.

🌿 *맥베드가 성에서 나온다.*

맥베드	나는 말뚝에 매인 셈이야. 달아날래야 달아날 수가 있어야지? 이젠 곰같이 발광을 하는 수밖에 없어. 도대체 어떤 놈이 여자의 몸에서 태어나지 않았단 말이냐? 난 그런 놈밖에는 무서워할 놈이 없어.

🌿 *젊은 시워드가 등장한다.*

맥다프 : 내가 고용되어 창을 든 비참한 민병들
따위나 베어서 무엇 하겠느냐?
_ 존 데리크 작

젊은 시워드	네 이름은 뭐냐?
맥베드	들으면 넌 질겁할 거야.
젊은 시워드	천만에! 지옥의 악마보다 더 무서운 이름을 대도 난 무서울 게 없어.
맥베드	내 이름은 맥베드야.
젊은 시워드	악마가 자기 이름을 댄다 해도 나의 귀에는 이보다 더 밉살스럽지는 못할 게야.
맥베드	음, 그렇지. 과연 그토록 무서운 이름이지.
젊은 시워드	거짓말하지 마라, 이 흉악한 폭군아! 이 칼로 네 거짓말을 증명해 보이겠어. (두 사람이 싸운다. 젊은 시워드가 살해당한다.)

맥베드   너도 여자한테서 태어난 놈인데 그런 놈이 휘두르는 칼이라면 모두 우습지.

맥베드가 퇴장한다. 안에서 전투 소리. 맥다프가 등장한다.

맥다프   저쪽이 소란하군. 폭군아, 네 낯짝을 드러내라! 네가 죽어도 내 칼에 죽지 않는다면 나는 내 처자식들의 망령한테 영원히 괴로움을 받을 게 아니냐? 내가 고용되어 창을 든 비참한 민병들 따위나 베어서 무엇 하겠느냐? 맥베드, 네놈이 상대가 아니라면 내 칼은 멀쩡히 무의미한 채 칼집에 도로 들어갈 수밖에 없어. 네놈은 저기 있나 보군. 저 요란한 소리는 어떤 큰놈이 있다는 증거야. 운명이여, 내가 그놈을 만나게 해라! 그 이상은 더 바라지도 않을 테야. *(맥베드를 쫓아 퇴장한다. 경종 소리.)*

맬컴과 시워드가 등장한다.

시워드   전하, 이쪽이에요. 성은 간단히 함락되었어요. 폭군의 부하들은 두 패로 분열되어 서로 싸우고, 영주들도 분전하는 중이지요. 오늘의 승리는 거의 전부가 왕자님의 차지라고요. 이젠 할 일도 별로 없는 것 같군요.
맬컴   우린 적병들을 만났는데 다들 마지못해 싸우는 형편이었지요.
시워드   자, 입성하시지요. *(모두 성문으로 들어간다. 경종 소리.)*

5막 8장

같은 장소.

🌸 *맥베드가 등장한다.*

맥베드   왜 내가 로마의 못난이들처럼 자결해야 한단 말인가? 살아 있는 적이나 눈에 뜨이는 대로 베는 것이 상책이야.

🌸 *맥다프가 뒤를 쫓아 등장한다.*

맥다프   지옥의 마귀야, 돌아서라. 돌아서란 말이야.

맥베드   나는 적들 가운데 너만은 피해 오던 참이야. 그러니 너는 돌아가라. 내 영혼은 이미 네 가족들의 피 때문에 짐이 너무 무거워.

맥다프   말은 필요 없어. 이 칼이 내 말을 대신하지. 말로는 형용하지 못할 이 극악한 놈아! *(두 사람이 싸운다. 경종 소리.)*

맥베드   헛수고하지 마라. 내 몸에는 칼이 들어가지 않아. 대기에 칼자국을 낼 수 있는 예리한 칼로 베면 몰라도 말이야. 네 칼로는 칼날이 들어가는 머리나 베어라. 내 생명에는 마력이 들어 있어서 나는 여자가 낳은 놈한테는 절대 굴복하지 않아.

맥다프   그까짓 마력은 단념해. 네가 늘 믿어 온 마녀한테 물어 봐. 이 맥다프는 달이 차기 전에 어머니 배를 가르고 나온 사람이라고.

맥베드   그따위 말을 하는 혓바닥은 저주나 받아라! 그 말 한 마디에 내 용기는 꺾이고 말았어. 사기꾼 악마들을 이제 더 이상 누가 믿겠는

맥베드 : 나는 적들 가운데 너만은 피해 오던 참이야.

| 맥다프 | 가? 이중의 의미로 사람을 속여 약속을 지키는 척하다가는 막판에 가서는 깨뜨리니 말이야. 맥다프, 나는 너하고 싸우기 싫어.
비겁한 놈아, 살려 줄 테니 당장 항복해라. 그리고 세상의 웃음거리나 되라. 진기한 괴물처럼 네 초상화를 막대기 끝에 걸어 놓고, 그 아래에 '이 폭군을 보라.'고 써 붙일 테야. |

| 맥베드 | 누가 항복할까 보냐! 풋내기 맬컴의 발밑에서 땅바닥을 핥고 어중이떠중이들의 저주로 욕을 보지는 않을 테야. 비록 버넘 숲이 던시네인으로 온다 해도, 그리고 여자가 낳지 않았다는 네가 대적한다 해도 나는 최후의 힘을 다해 볼 테야. 나는 이렇게 방패를 내던져버려. 자, 맥다프, 덤벼라. 도중에 "손들었다."고 먼저 소리치는 놈이 지옥행이야. *(두 사람이 성벽 아래에서 결전한 끝에 맥베드가 살해되고 만다.)* |

5막 9장

성안.

🌿 *전투 중지의 나팔 소리. 고수 및 기수, 맬컴, 시워드, 로스, 영주들, 병사들이 등장한다.*

맬컴   지금 여기 보이지 않는 전우들이 무사히 돌아와 주면 좋겠군요.
시워드   약간의 희생은 부득이한 일이지요. 하지만 이만한 대승리에 희생은 극히 적은 것 같아요.
맬컴   맥다프가 보이지 않는군요. 그리고 시워드, 당신 아들도.
로스   당신 아들은 무사의 부채를 청산했어요. 그는 성년에 겨우 도달한 처지인데 한 걸음도 물러서지 않고 용감하게 싸워 자신이 대장부임을 입증하자마자 용사답게 전사했지요.
시워드   그러면 그 애가 전사했단 말인가요?
로스   예, 유해는 이미 운구해 놓았지요. 전사의 슬픔을 당신 아들의 인격으로 측량하지는 마세요. 그렇게 측량하면 슬픔은 한이 없거든요.
시워드   상처는 정면으로 받았나요?
로스   예, 이마에 받았지요.
시워드   아, 그렇다면 신의 용사가 되라! 내가 머리카락의 수효만큼 아들이 많다 해도, 그들에게 이보다 더 장한 죽음을 바라지는 않을 거요. 이제 그 애의 장례식을 위한 조종은 울려진 셈이지요.
맬컴   더 애도해 주어야 해요. 내가 대신 애도해 주겠어요.

맥다프 : 국왕 만세! 왕위 찬탈자의 가증할 머리가 매달린 것을 보십시오.

시워드   이걸로 충분해요. 그 애는 용감히 싸워 무사의 의무를 다했거든요. 오직 신의 가호를 빌 뿐이라고요! 저기 새로운 기쁜 소식이 오는군요.

🌿 *맥다프가 맥베드의 목을 장대에 꿰어 들고 등장한다.*

맥다프   국왕 만세! 전하께서 국왕이십니다. 왕위 찬탈자의 가증할 머리가 매달린 것을 보십시오. 이제는 천하태평이지요. 이 나라의 진주 같은 귀족들이 지금 폐하의 주위에 둘러선 채 저와 똑같은 축하의 말을 마음속으로 외치고 있지요. 자, 다 함께 소리 높이 외칩시다. 스코틀랜드 국왕 만세!

모두	스코틀랜드 국왕 만세! *(우렁찬 나팔 소리.)*
맬컴	나는 많은 시일을 지체하지 않고 여러분의 충성을 각각 헤아려 응분의 보상을 할 작정이오. 또한 나의 영주들과 근친들을 모두 지금부터 백작으로 삼겠는데 이것은 스코틀랜드에서 처음 수여되는 작위인 거요. 더욱이 앞으로 시국에 비추어 새로 확립시켜야 할 일들이 있는데, 말하자면 경계가 엄한 폭군의 함정을 피하여 해외로 망명한 친구들을 불러온다던가, 참수된 이 도살자와 제 손으로 횡포하게 생명을 끊었다는 마귀 같은 왕비의 잔악한 하수인들을 잡아낸다던가, 그 밖의 모든 필요한 일들은 신의 가호 아래 수단, 시간, 장소를 가려서 실행하겠소. 끝으로 여러분 모두에게, 그리고 한 분 한 분에게 감사하오. 그럼 스코운 Scone에서 거행될 대관식에 모두 참석해 주기 바라오. *(우렁찬 나팔 소리. 모두 행진하며 퇴장한다.)*

셰익스피어 인물 소개

셰익스피어의 생애 · 146
셰익스피어는 실존 인물인가? · 161
셰익스피어의 연표 · 165

셰익스피어의 생애

우리가 알고 있는 셰익스피어의 생애는 그의 작품 세계와도 일치한다. 현실적 사고방식에 근거한 그의 천재적인 상상은 낭만적인 환상보다 월등히 높은 차원을 날고 있다. 일리저베드 시대의 전기관(傳記觀)으로 보든지, 또는 당시 극작가의 미천한 사회적 위치라는 점에서 보든지, 셰익스피어는 비교적 놀라울 만큼 풍부한 전기의 자료를 남겨두고 있다. 첫째 교회나 관공서, 궁정 등에 남아 있는 기록, 둘째 동시대인들이 셰익스피어에 대해서 언급한 기록, 셋째 지금까지 전해져 내려온 전설 등이다. 하지만 무엇보다도 그의 작품이 가장 주요한 자료가 될 것이다. 이것은 다른 작가들의 경우처럼 작품 안에 자서전적인 요소가 들어있다는 뜻이 아니라, 그의 작품 전체를 일관하여 흐르고 있는 셰익스피어의 정신. 또는 그의 내면적인 상(像)을 작품에서 가장 잘 나타내고 있다는 뜻이다.

유년시대

윌리엄 셰익스피어는 1564년 4월 26일 스트래트퍼드 온에이븐 교회에서 세례를 받았다. 당시 세례에 얽힌 사항들로 미루어 볼 때 그의 탄생 날짜는 23일로 추측되고 있다. 그의 죽음의 날짜 또한 공교롭게도 1616년 4월 23일이었다. 그의 아버지 존 셰익스피어는 다른 고장에서 이사를 와서 이 고장에서 잡화상, 푸주, 양모상 등을 경영하여 부유해졌다. 사회적 지위도 시의 재무관과 시장까지 지낸 바 있었다. 그의 아버지는 부(富)와 출세를 겸한 인물로, 슬하에 자녀를 여덟 명이나 두었다. 그 셋째가 윌리엄 셰익스피어이다. 그의 교육과정은 고장 그래머 스쿨을 채 끝마치지 못한 채 오학년 과정에서 중퇴했다고 추측하고 있다. 셰익스피어가 그래머 스쿨조차 모두 마치지 못한 이유는 집안 형편이 어려워 진 탓으로 본다. 시인 벤 존슨은 후일 셰익스피어를 가리켜 '라틴어를 겨우 조금 알고, 그리스어는 거의 모르는 사람' 이라고 평한 바 있다. 그러나 셰익스피어는 문법학교에서 익힌 라틴어를 토대로 라틴의 고전들을 충분히 읽어낼 만큼 총명하고 민첩한 두뇌의 소유자였다.

셰익스피어의 아버지 존은 시장 시절에 서명(署名)을 클로버 잎으로 대신했다고 한다. 그것은 그가 무학(無學)이었던 탓이라고 보는 학자들도 있지만, 아무튼 그의 경력은 여러 가지로 드라마틱하다. 그의 가문의 쇠퇴는 당시 국내의 격동하는 정치 정세 때문일 것이라는 설이 있다. 존은 경건한 가톨릭 신자였다. 그러던 것이 헨리 8세가 성공회(聖公會)를 내세워 종교개혁을 하는 바람에 가톨릭교도는 타격을 받지 않을 수 없게 되었다. 아마 가정의 이러한 몰락에 자극받아 출세를 위해 셰익스피어는 런던으로 상경했을지도 모른다. 이러한 이유로 부모의 신앙과 관련하여 셰익스피어 개인의 신앙은 과연 가톨릭이었겠느냐, 신교이었겠느냐, 무신론자였겠느냐 하는 논쟁이 자연히 열을 띠게 되었다.

이 고장에는 대학에 진학한 자제들이며 대학 출신의 지식인들도 상당수 있었다. 셰익스피어는 문법학교를 중퇴하게 되자, 어느 변호사의 법률 사무소 서기로 취직했다고 보는 견해가 있다. 머리가 명석한 셰익스피어는 아마 이 서기 시절에 법률 서적을 맹렬히 읽었을 것이다. 예민한 관찰력과 정확한 판단력을 가지고 그는 인위적인 법률의 부조리를 간파했을는지도 모른다. 후일 그의 사극이나 비극에서 전개되는 권력 투쟁의 세계는 이미 이 무렵부터 어렴풋이 그의 뇌리에 어른거렸을는지도 모른다. ≪헨리 6세≫ 제2부에서 재크 케이드 일당의 폭도들은 "법률가를 죽여 버려라!"고 외친다. 이 시골 도시의 장서를 가지고는 셰익스피어의 독서열은 도저히 충족될 수 없는 일이었겠지만, 그래도 그는 ≪성서≫, 홀린세드의 ≪사기(史記)≫, ≪오비드≫ 등의 라틴 고전 문학에 접할 수 있었을 것이다. 셰익스피어는 한 번 읽은 것은 차곡차곡 뇌리에 축적해 두었다가 필요할 때는 누에가 실을 뽑아내듯이 독서에서 얻은 지식을 언제든지 재생해낼 수 있는 비상한 머리를 가진 사람이었다.

결혼생활

셰익스피어는 1582년 11월 28일 스트래트퍼드의 서쪽 약 1마일 지점에 있는 쇼터리 마을의 지체 있는 한 부농(富農)의 딸인 앤 해서웨이와 결혼했다. 그때 그는 열여덟 살, 신부는 여덟 살 위인 스물여섯이었다. 결혼한 지 5개월 후인 1583년 5월 23일에 큰딸 스잔나가 태어났고, 1585년 2월에는 쌍둥이가 태어났다. 장남 함네트와 둘째 딸 주디스다. 셰익스피어의 결혼 생활에 대한 기록은 여기서 일단 중단되어 있다. 셰익스피어의 결혼에 대해서는 논쟁이 분분하지만 이들 부부의 결혼 생활은 부자연스럽기보다도 자연스러운 듯싶다. 대개 젊은 청년이 연상의 여성을 사랑할 때 불행으로 끝나게 마련이지만 이 결혼은 성

취된 것이다. 로미오와 줄리엣의 경우처럼 풋내기 젊은 남녀의 불꽃이나 유성 같이 눈 깜박할 사이에 사라져 버리고 마는 사랑이 오히려 부자연스러운지도 모른다. 로미오와 줄리엣의 사랑은 셰익스피어와 앤과의 현실적인 사랑의 역설인지도 모른다. 대개 남성은 그 심층 심리에 모성에 대한 영원한 동경을 간직하고 있다고 한다. 햄릿의 경우가 아마 그러하다 하겠다. 예술적인 천재를 지닌 셰익스피어는 이 본능에 있어서 또한 남달리 강렬했음을 보여 주고 있다. 셰익스피어의 결혼 생활이 불행했으리라고 논증하는 학자들이 더러 있지만, 반드시 그렇지만은 않았을 것이다.

그후 1592년, 당시의 대(大)극작가 로버트 그린이 한 푼 없이 비참하게 여인숙에서 죽어 가면서 동료에게 보낸 서한에 다음과 같은 구절이 있다. '우리의 깃으로 단장을 한 한 마리의 까마귀 새끼가 벼락출세를 해가지고, 당신네들 누구에 못지않게 무운시(無韻詩)를 잘할 수 있다고 망상하고 있다. 그뿐 아니라 그자는 온통 자기만이 천하를 셰익 신(振動 shake-scene)케 하고 있는 듯 몽상하고 있다.' 이 구절 중 천하를 진동시킨다는 뜻으로 쓰여진 셰익 신은 셰익스피어의 이름자와 관련된 풍자인 것으로 해석되고 있다. 이 글은 갑자기 런던에 혜성같이 나타나서 연극계를 주름잡기 시작한 초기 셰익스피어의 모습이 엿보이지만, 그는 이렇듯 런던에서 비우호적으로 받아들여졌던 것이다.

그러면 고향에서 기록이 중단된 후, 그린의 이 서한이 나오기까지 약 7년간 그는 대체 어디서 무엇을 했을까? 여기서는 각가지 전설적인 얘기며 추측 등이 전해져 내려오고 있다. 스트래트퍼드의 귀족 루시 경의 숲에서 밀렵(密獵)한 죄로 벌을 받자 셰익스피어는 루시 경을 풍자하는 시구의 방(榜)을 내 붙였다가 끝내는 고향에 있지 못하게 되었다든가, 잠시 이웃 마을의 어느 귀족의 집에서 가정교사를 했을 것이라든가, 이 고장에 찾아온 순회공연 극단을 따라 런던으로 상경했으리라든가….

🍀 습작기

　런던의 연극계에 발을 들여 놓은 셰익스피어는 직책의 선택 여부가 있을 수 없었다. 그는 우선 〈레스터 백작 소속 극단〉에 취직하여 처음에는 관객이 타고 온 말을 보관하는 말지기 역할을 맡아 보았다. ≪맥베드≫에서 밤중 문지기의 훌륭한 대사는 이 시절의 생생한 체험이었는지도 모른다. 그러나 이 무렵 그는 직책은 비록 말지기였으나 극단의 일원으로 가끔 극에 관여할 기회가 있었다. 그는 그런 기회를 잘 이용하여 재능을 인정받아 배우로 등용되었다. 그러나 배우로서의 셰익스피어는 그리 뛰어나지 못했던 것 같다. 후일에도 ≪햄릿≫의 유령 역이나 ≪뜻대로 하세요≫의 애덤 노인 역 등 단역으로 출연했다고 전해진다.

　셰익스피어는 극단 전속 작가가 되었다. 당시 극단 전속 작가란 대개 타인의 인기 있는 작품을 개작이나 하는 직책이었다. 일종의 표절이었다. 그러나 당시에는 표절판이 가능할 정도로 판권이 보장되어 있지 않았기 때문에, 타인의 작품을 아무런 구애도 없이 어떠한 형태로든지 개작할 수 있었다.

　런던에 상경한 셰익스피어는 〈레스터 백작 소속 극단〉에 발을 들여놓은 후로 이윽고 〈스트레인지 남작 소속 극단〉, 〈궁내 대신 소속 극단〉, 〈국왕 소속 극단〉 등의 일원으로 '극장(劇場 The Theatre)'에서 활동하게 된다. 극장은 런던 시 외곽 북쪽 변두리에 1576년에 세워진 건물이다. 셰익스피어가 소속한 극단은 1599년부터 런던 시의 남쪽 템즈강 건너에 세워진 〈글로브 극장〉에서 활동하게 된다.

　그린의 비우호적인 1592년의 기록과는 달리, 1598년 프랜시스 미어즈라는 젊은 학자는 ≪지식의 보고(寶庫)≫라는 책자에서 셰익스피어의 몇몇 극을 관람한 사실을 들어 격찬을 아끼지 않고 있다. 그가 관람했다는 극 중에는 다음 작품들이 열거되어 있다. ≪베로나의 두 신사≫, ≪착오 희극≫, ≪사랑의 헛수고≫, ≪사랑의 수고의 보람(이것은 셰익스피어의 어느 극을 두고 말한 것인지 알 수 없다)≫, ≪한여름 밤의 꿈≫, ≪베니스의 상인≫, ≪리처드 2세≫, ≪리처드 3세≫, ≪헨리 4세≫, ≪존 왕≫, ≪타이터스 앤드로니커스≫, ≪로미오와 줄리엣≫ 등. 이 기록으로 보아 셰익스피어는 초기에 이미 사극, 희극, 비극에 모조리 손을 댄 것이 된다.

그가 최초로 제작한 사극 ≪헨리 6세≫ 제 1, 2, 3부(1590~1592)와 ≪리처드 3세≫(1592~1593), 이 네 편의 사극은 하나의 체계를 이루고, 왕권을 에워싼 귀족들의 갈등에 의한 질서와 무질서의 대립이 빚어내는 극가의 혼란과 불안, 권불십년(權不十年), 인과응보 등의 외적인 양상이 추구되고 있다. 이 시기의 단 한 편의 비극인 ≪타이터스 앤드로니커스≫(1593~1594)는 당시 유행이던 유혈 복수의 비극에 있어서도 토머스 키드와 같은 선배 극작가의 '스페인 비극'을 능가하고 있음을 실증해 주고 있다.

이 습작기에 셰익스피어는 희극에 있어서도 솜씨를 발휘하기 시작했다. ≪착오 희극≫ (1592~1593)을 비롯하여 ≪말괄량이 길들이기≫(1593~1594), ≪베로나의 두 신사≫(1594~1595), ≪사랑의 헛수고≫(1594~1595) 등이 그것들이다. 이 초기 희극들은 현실 세계와 낭만 세계를 차례로 전개시켜 본 희극들이다. 이 두 개의 세계는 교체 성장(交替成長)하여 다음 시기의 ≪한여름 밤의 꿈≫ (1595~1596)을 계기로 완전히 융합되어, 제 2기의 로맨틱 코미디(浪漫喜劇)라는 새로운 희극이 탄생하게 된다.

이 무렵 또한 그는 장편의 이야기 시 ≪비너스와 아도니스≫(1593년 출판)와 ≪루크리스의 능욕≫(1594년 출판)을 이미 친밀히 교제하게 된 유력한 귀족 청년 사우샘프턴 백작에게 바친 바 있다. 그의 ≪소네프 집(集)≫ 또한 이 무렵에 쓰여 진 듯하다. 그의 습작기는 동갑인 말로 Marlowe의 영향을 받았다. 그러나 그의 희극들의 탄생으로 그는 이미 말로의 영역을 초월하게 되었다. 만인(萬人)의 마음을 가진 셰익스피어는 고귀한 정신의 상승과 몰락의 묘사에 그치

지 않았으며, 컴컴한 고독이나 비극만을 추구하지도 않았다. 그는 인생의 즐거운 면에도 주목했다. 초기의 희극들은 벌써 인생의 밝은 면, 즐거운 면에 눈길을 돌린 증거이다.

셰익스피어의 습작기가 끝날 무렵에 그의 선배 작가이자 경쟁 작가들인 '대학재파(大學才派)'의 극작가들은 그린(1592년)이나 키드(1594년) 같이 빈곤 속에 비참하게 세상을 떠나거나 또는 말로(1593년) 같이 정치 음모로 암살되는 등, 그 밖의 대학재파들도 모두 비참하게 연극계를 떠나게 되었다. 오늘 날 문학사에 남은 대학재파들은 7~8명밖에 안되지만, 당시 실제 활동한 대학재파들은 20명 전후가 되지 않았나 싶다. 그들은 모두 셰익스피어에게 호의를 갖지 않은 경쟁 작가들이다. 그것은 셰익스피어가 굉장히 많은 수나 양을 나타내는 것의 이미지로 20(Twenty)을 사용하고 있는데, 이 20이란 숫자의 이미지는 그의 전 작품을 통해 150회나 사용되고 있다. 이와 같은 이미지는 그의 20명의 경쟁 작가가 무한히 많은 숫자로 여겨진 데서 온 것인지도 모른다.

🌸 발전기

셰익스피어는 제 2기에 접어들면서 그의 집념이었던 비극을 시도하였다. 그의 최대 관심인 사랑을 주제로 한 ≪로미오와 줄리엣≫(1594~1595)이 그것이다. 그러나 이 극은 아직 그의 역량을 가지고는 성격 창조에까지 미치지는 못하고 그 아름다운 서정성에도 불구하고 한낱 운명 비극으로 그친다. 그의 이 시기는 사극의 체계가 매듭지어지고, 로맨틱 코미디가 완성된 시기이기도 하다.

이와 같은 보람찬 작품 제작과 더불어 그의 주변 또한 활발한 양상을 보여 준다. 기록에 의하면, 당시 런던에서는 매년 되풀이되다시피 여름철에는 전염병이 창궐했다고 한다. 당시 런던은 인구 20만 내외의 도시였는데, 그런 전염병이 한 번 휩쓰는 날이면 인구의 십 분의 일이 죽어 없어질 정도로 전염병은 위세를 떨쳤다고 한다. 전염병이 창궐하면, 그렇잖아도 우범지대로 여겨지던 극장이었으니까, 극장은 폐쇄되고 극단은 지방 순회공연이 나섰다. 우리는 ≪햄릿≫에서 그런 지방 순회 극단의 경우를 볼 수 있다. 셰익스피어가 소속한 극단은 비교적 큰 극단이었기 때문에 전속 극작가인 셰익스피어는 지방 순회에 동행하지 않고 전염병을 피하여 고향에 돌아가 있었으리라고 생각된다.

셰익스피어가 발전기인 제 2기에 사극의 체계를 매듭짓고 낭만 희극을 완성했음은 앞에서 밝힌 바와 같다. ≪리처드 2세≫(1595~1596), ≪헨리 4세≫ 제 1, 2부(1597~1598), ≪헨리 5세≫(1598~1599), 이 네 편의 사극은 셰익스피어의 이른바 제 2군(群)의 사극으로 제 1군의 사극과 마찬가지로 질서와 무질서의 대결이 전개된다. 제 1군의 사극에서 벌어지는 장미 전쟁의 치욕적인 역사의 원인으로 파악되고 있다.

군왕의 자질이 결여된 리처드 2세는 권모 술수가이자 기회주의자인 그의 사촌 헨리 볼링블루크에 의해 왕위를 찬탈 당한다. 헨리 볼링브루크는 왕위를 찬탈하여 헨리 4세가 된다. 헨리 4세는 왕위를 불법적으로 탈권한 죄의식에 일생을 두고 정신적으로 시달림을 받으며 내란은 끊이지 않는다. 그의 아들 헨리 5세는 내란을 수습하고 프랑스로 출정하여 애진코트의 대승리로 국위를 선양한다. 그러나 그는 요절하고 만다. 그의 아들 헨리 6세가 기저귀를 찬 갓난아이로 등극한다. 헨리 6세 시대에 장미 전쟁이 벌어져서 국가는 아비규환의 수라장으로 변하고 삼십여 년간 국민은 지옥의 고통에 시달린다.

이와 같은 혼란과 혼돈은 제 2군의 사극에서 헨리 4세가 리처드 2세의 정당한 왕권을 불법적으로 찬탈한 데에 기인한 것이라는 인과응보의 인식인 것이다. 제 1군의 사극과 제 2군의 사극을 통하여, 셰익스피어는 무질서의 이면에 영원한 질서와 평화의 존재를 깊이 인식하고 있는 것이다. 우리는 셰익스피어를 르

네상스적 낭만 정신의 기수로 알고 있다. 그러나 한편 그는 그의 사극에서 보여주고 있다시피 중세기의 전통적인 질서 개념을 그의 정신의 밑바닥에 가지고 있었다. 이것 역시 그의 이중 영상, 이원성이라고 하겠다. 이 시기의 ≪존 왕≫(1596)은 8편의 사극과 커다란 질서 체계와는 무관한 고립된 사극이다.

이 시기에 꿈의 세계와 현실을 비로소 완전히 융합시킨 낭만 희극들이 쏟아져 나오게 되는데, 그 첫 낭만 희극 ≪한 여름 밤의 꿈≫은 어떤 귀족의 결혼 축하연을 위해 제작된 것이 분명하다. 셰익스피어의 극이 그의 소속 극단에 의해 일리저베드 여왕이나 제임즈 1세 어전에서 상연되었다는 기록들이 더러 있다. 셰익스피어의 극에는 여왕을 찬양한 구절들이 여기저기 나타나 있고, ≪맥베드≫와 같은 극은 제임즈 1세를 위해 쓰여진 것으로 보여 지고 있다.

다음의 낭만 희극 ≪베니스의 상인≫(1596~1597)은 그의 극중에서 가장 유명한 극의 하나로, 그 이유는 아마 여기에 등장하는 유대인 고리대금업자 샤일록의 성격 창조 때문일 것이다. 동기야 어떻든 결과적으로 샤일록은 비극적인 인물이 되고 말았다. 낭만 희극을 불구(不具)로 하고 만 셈이다. 그러니 이 극은 비록 유명하긴 하지만 좌절된 낭만 희극이라고 할 수 있다. 재판 장면에서 포셔의 자비론(慈悲論) 또한 유명한 대사이긴 하지만, 이것 역시 그리스도교의 위선의 냄새를 풍기고 있다.

≪헛소동≫(1598~1599)은 낭만극 치고는 당치도 않게 음모, 간계를 주제로 한 극이다. 그 음모는 비극 ≪오델로≫와 같은 성질의 것이다. 그러나 이 극이 비극으로 결말지어지지 않고 행복한 끝을 맺게 되는 것은 아직 작가에 있어 내면적인 폭풍이 휘몰아쳐 오지 않고, 이성과 상식의 정신이 작가의 마음을 지배하고 있는 탓이라 하겠다. ≪뜻대로 하세요≫(1599~1600)는 목가적인 전원극이다. 그러한 그 목가의 이면에는 골육상잔(骨肉相殘)이 도사리고 있다. ≪십이야≫(1599~1600)는 정묘한 낭만 희극이면서도 거기에는 청교도와 당국에 대한 사정없는 풍자가 담겨져 있다. 이렇듯 이상의 모든 낭만 희극들이 즐겁고

명랑한 외관의 밑바닥에 모두가 비극적인 문제점을 안고 있다.

이와 같이 셰익스피어는 즐거움 속에서도 슬픔을 잊지 않았으며, 감미로운 사랑을 맹세할 때도 시간의 잔인한 낫이 그 사랑을 내리치는 소리를 귓전에 아니 들을 수 없었던 것이다. 그의 이중 영상은 점점 심오해져 간다. 특히 현상과 실재 사이의 파행(跛行)의 인식은 더욱 심각해져 간다. 그의 통찰과 인식이 깊어지고 표현 기술이 능숙해지자, 그는 본격적으로 비극의 문제와 씨름을 시작했다. 비극기에 접어들 무렵에 낭만 희극과는 다소 이질적인 ≪윈저의 명랑한 아낙네들≫(1600~1601)이 나왔다. ≪헨리 4세≫ 극에서 활약한 바 있는 근대적 인물 폴스태프의 희극성에 감명을 받은 일리저베드 여왕이 폴스태프가 사랑을 하는 희극을 보여 달라는 요청을 하자, 그 요청어 의해 이 극이 집필되었다고 전해진다. 그러나 이 극에서의 폴스태프는 이미 전날의 생기를 잃고 있다.

위대성의 개화

셰익스피어의 비극기(悲劇期)는 ≪줄리어스 시저≫(1599)를 가지고 막이 열린다. 고매한 이상을 가진 브루터스는 로마의 독재화를 막기 위해 시저를 쓰러뜨린다. 그러나 냉혹한 정치 세계에서 이상주의는 현실에 패배할 수밖에 없다. 셰익스피어가 비극을 쓰게 된 내적인 동기는 앞에서 언급했지만, 그 동기를 외적으로 추구하는 학자들이 있다.

그것은 에섹스 백작의 실각 사건(1601)이다. 당시 에섹스 백작은 일리저베드 여왕의 궁정에서 정신(廷臣)의 정화(精華)이자 권력의 상징이었다. 그는 또한 여왕의 사촌뻘로 한때는 여왕의 가장 두터운 총애를 받았고, 여왕의 배필 후보자로까지 지목되던 인물이다. 또한 셰익스피어의 후원자 사우샘프턴 백작과

는 친밀한 사이였다. 에섹스 백작은 아일랜드 반란군 진압 사령관으로서의 임무를 다하지 못한 책임에다, 여왕의 시녀와 벌인 연애 사건으로 여왕의 노여움을 사게 되었다. 에섹스 백작은 평소 자신을 리처드 2세를 타도한 헨리 볼링브루크에 비교하고 있었다. 그는 쿠데타를 결심하고, 거사 전날 밤 셰익스피어의 극단으로 하여금 ≪리처드 2세≫를 〈글로브 극장〉에서 상연케 하였다. 그리고 그 이튿날 그는 부하 일당을 거느리고 런던 시내로 몰려 들어가며 시민들의 호응을 기대했다. 그러나 시민들은 아무런 반응이 없었고 그의 거사는 실패로 돌아갔다. 그로 인해 그는 사형을 선고받았다. 여기에는 그의 강력한 정적(政敵) 로버트 세실의 작용도 있었다. 에섹스 백작은 이제 형장의 이슬로 사라지고, 그의 친한 친구이자 셰익스피어의 후원자인 사우샘프턴 백작도 실각하게 된다.

거사 전날 밤 ≪리처드 2세≫를 〈글로브 극장〉에서 상연한 일로 해서 셰익스피어의 극단도 당국으로부터 문책을 받게 되었으나, 별 탈은 없었다. 천하를 주름잡던 세도가가 갑자기 실각하고 만 것이 셰익스피어에게는 과연 어떻게 비쳤을까? 더구나 실각의 주인공은 그의 친지였으니 말이다. 에섹스 백작의 모반 사건은 1601년 셰익스피어가 서른일곱 살 때의 일이었다. 당시 크고 작은 쿠데타 사건은 끊임없이 일어났다. 유대인 의사 로페츠의 여왕 암살 음모 사건은 ≪베니스의 상인≫ 샤일록에 암시되어 있고, 의사당 폭파 사건은 ≪맥베드≫의 문지기의 대사에서 언급되고 있다. 이와 같이 셰익스피어의 작품에는 당시 시사적인 사건이며, 관습적인 일 등이 여러 곳에서 언급되고 있다.

오늘 날 역사적 비평은 그런 문제들을 샅샅이 해명하고 있다. 일리저베드 여왕은 국민과 일치할 수 있는 위대한 영도자였으며 이 시대에 영국이 비약적인 발전을 한 것은 사실이지만, 당시 종교 문제, 대외 문제, 여왕 후계자 문제 등 전진을 위한 진통이 필연적인 현상으로 크고 작은 반역 사건이 잇달아 일어났다. 따라서 확고한 안정이 요청되었으므로 여왕은 정권을 유지하기 위해 에섹스 백작의 경우와 마찬가지로 무자비한 숙청을 하지 않을 수 없었다. 당시 역적의 죄목 아래 교수대의 제물이 된 고관대작들은 부지기수였다. 맥베드가 덩컨 왕을 암살하고 나오는 장면에서 피가 낭자한 자기 손을 보고 '이 망나니의 손'이라고 한 구절이 있다. 당시 사형 집행관은 교수대에서 죄수를 처형하고 나면 곧 시체의 배를 단도로 갈라 내장을 사방에 뿌리는 관습이 있었다. 어떤 사형집행관은 그 솜씨가 어떻게나 익숙했던지 사형 직후 시체에서 염통을 도려냈을 때 그 염통이 그대로 고통치고 있었다고 한다. 사형 집행관들의 솜씨가 이 경지에 도달할 만큼 역적의 처형이 잦았던 것이다. 그리고 역적의 머리는 런던 탑 위에 내걸려졌다. 셰익스피어는 이들의 죽음에 심적인 타격을 입은 바 있다. 그래서 이들의 죽음과 엑섹스 백작의 실각 등을 그의 비극기의 외적 동기로 보는 학자들이 있다.

그의 비극기에는 세 편의 희극 ≪트로일러스와 크레시더≫, ≪끝이 좋은면 다 좋다≫, ≪이척 보척≫ 등이 있다. 이 희극들은 초기 희극, 제 2기의 낭만 희극들과는 전혀 다른 어두운 희극들이다. 학자들은 근래에 이 희극을 '문제극'이라고 이름을 붙였다. ≪트로일러스와 크레시더≫(1601~1602)는 배신과 혼란이 주제가 된다. 문제는 미해결의 장(章)으로 남을 뿐 아니라 뒷맛이 씁쓸하고 개운치 않은, 이름만의 희극이다. 또한 이 극은 당시 영국의 신구(新舊) 두 사상이 소용돌이치던 세태의 일면을 보여 준다. ≪끝이 좋은면 다 좋다≫(1602~1603)는 그 제목이 말하는 바와 같이 끝만이 해피엔딩으로 끝나는 역시 씁쓸한 희극이다. 사랑을 위해 간계의 수단이 이용되는 희극이다. ≪이척 보척≫(1604~1605)은 부패와 위선의 악취가 코를 찌르는 희극이다. 이 세 편의 희극들은 모두 비극의 비전에서 쓰여 진 것이며, 작가가 다만 끝맺음만을 희극으로 맺은 것이다.

셰익스피어의 대비극에는 왕후 귀족 등 위대한 인물들이 등장한다. 그리고 그 비극은 주인공들의 성격 결함에 의한 내적 갈등이 보다 큰 비중을 차지한

다. 이들 성격 비극은 ≪로미오와 줄리엣≫이나 '그리스 비극' 등의 운명 비극과는 차원이 다른 것이다. 게다가 그 주제는 제왕의 이미지를 요란스럽게 울려댄다. 거기에는 국가 사회 질서의 파괴와 그 회복이라는 거대한 전제가 있기 마련이다. 실체와 외관은 깊이 통찰되고 이중 영상은 심오하리만큼 입체적, 동적이다.

≪햄릿≫(1600~1601)은 너무나도 유명한 극이다. 이 극의 주인공은 앞서 논한 엑셀스 백작과도 일맥상통하는 점을 가지고 있다. 이 극에서도 인간 본질의 이원성이 여실히 파헤쳐지고 있다. 이성과 감정, 망상과 행동, 천사와 악마, 판단력과 피의 복수 등 작가의 이중 영상이 다각도로 표현된 작품이다. ≪오델로≫(1604)는 대비극들 중에서도 그 배경 설정이 특이한 극이다. 주인공들의 운명과 국가 사회의 운명과는 무관하다. 가정 비극으로 신의와 질투와 음모를 주제로 한 비극이다. ≪리어 왕≫(1605)은 망은, 배신, 분노 등을 주제로 한 엄청나게 거대한 비극이다. ≪맥베드≫(1606)는 시역자(弑逆者), 악인이 겪는 심적 고통을 그린 악몽의 비극이다. 같은 악인이라도 리처드 3세는 맥베드와 같은 심적 고통은 겪지 않고 악을 실컷 발휘한 후, 그저 절망 속에 죽을 뿐이다. 맥베드 또한 절망 속에 죽는다. 다른 비극의 주인공들이 영혼의 구원을 받고 죽는데 반해 맥베드는 절망 속에 죽는다. 이보다 비참한 비극은 없을 것이다.

≪엔토니와 클레오파트라≫(1606~1607)와 ≪코리올레이너스≫(1607)는 ≪줄리어스 시저≫와 더불어 로마사에 의거한 사극들이다. ≪엔토니와 클레오파트라≫는 거의 우주적인 규모의 초월적인 인간주의가 전개되는 대비극이다. ≪코리올레이너스≫는 취약한 또는 위선적인 애국심을 바탕으로 한 거인의 비극에다 군중의 가공할 힘을 엿보여 주고 있다. ≪아테네의 타이먼≫(1607~1608)은 '리어 왕'과 쌍둥이로 그 사산아로 보여질 만큼 주인공의 인간 혐오와 반응의 주제는 자못 시니컬하다.

1607년 6월 5일 셰익스피어는 고향에 돌아왔다. 장녀 스잔나는 유능한 의사

존 홀과 결혼했다. 1608년 2월 7일에는 외손녀 일리저베드의 탄생을 보았다. 이 무렵 영국의 극장은 종래의 노천극장보다 옥내 소극장으로 그 취향이 변해 갔다. 셰익스피어 극단은 이미 오래전부터 블랙프라이어즈 옥내 소극장에서 겨울철이나, 야간이나, 우천에도 귀족 등 소수의 상류 계급 관객들을 상대로 공연을 하고 있었다.

만년

셰익스피어가 만년에 정착한 곳은 로맨스였다. 낭만극은 이 무렵의 조류이기도 했다. 그의 낭만극은 모두 다 음모, 배신에 의한 혈육의 이산(離散)으로부터 재회와 상봉, 그리고 관용과 화해를 주제로 한 것이었다. ≪페리클리즈≫(1608~1609), ≪심벨린≫(1609~1610), ≪겨울 이야기≫(1610~1611) 등은 모두 혈육의 상봉과 관용의 극들이다. 마지막 로맨스 ≪태풍≫(1611~1612)의 주인공이 마의 지팡이를 바닷속에 버리고 귀향하는 모습은 극작의 영필을 버리고 귀향하

는 작가 자신을 연상케 한다. 비극으로부터 낭만극으로의 변천을 두고 셰익스피어 자신이 신교로 귀의했다고 논하는 상징주의적 해석도 있다. 이제 비극 시대와 같은 고뇌와 부조리는 가셔지고 신에게 귀의한 종교적 신앙의 은총이 유난히 돋보이게 된다. 마지막의 또 한편의 고립된 사극 ≪헨리 8세≫(1612~1613)는 합작설이 유력하다.

  셰익스피어는 젊어서부터 건실하고 실리적인 경제관념을 가지고 있었다. 그의 생활 태도에는 절도가 있었으며, 성품은 온화하고 언행이 일치했으며, 은퇴할 무렵에는 고향에서 생활이 윤택했으며, 은퇴한 후에도 가끔 런던을 방문한 듯하다. 그의 은퇴 후, 벤 존슨이 영국 최초의 계관시인이 된 것을 축하하며 몇몇 친구들과 스트래트퍼드에서 만나서 주연을 가진 후 셰익스피어는 발병하여 52세에 사망하였다. 그의 기일은 1616년 4월 23일이다. 유해는 고향의 홀리 트리니티 교회 가장 안쪽에 가족들의 유해와 함께 잠들어 있다.

셰익스피어는 실존 인물인가?

셰익스피어의 전기 기록은 당시 문인의 사회적 지위로 비추어 볼 때 놀라울 만큼 풍부한 셈이다. 정통파 학설은 스트래트퍼드 출신의 극작가 셰익스피어를 믿어 의심치 않지만, 일부 저널리즘 계통으로부터 심심찮게 그의 생애에 관해 이설이 제시되고 있다. 독자들의 오해를 풀기 위해 이설의 정체를 간단히 소개해 두겠다.

그 하나는 1759년 어떤 광대극의 다음과 같은 대사에서 비롯된다. '셰익스피어의 저자는 벤 존슨이다.', '아니다, 그것은 피니스(Finis)이다. 그의 전집 맨 끝에 그렇게 적혀 있지 않더냐?', 이와 같은 웃지 못할 대사가 있지만, 이로부터 약 백 년 후 셰익스피어의 저자는 프랜시스 베이컨(Francis Bacon)이라는 이설이 심각하게 대두되기 시작했다. 그런데 이 이설들의 바닥에는 다음과 같은 의혹이 깔려 있었다. 셰익스피어와 같은 엄청나게 위대한 시와 철학을 과연 어떤 사람이 모조리 지닐 수 있겠는가? 이것이 가능하다고 하더라도 그 사람은 박식하고, 세도 있고, 견문이 넓으며, 외국어에도 능숙한 사람이어야 하지 않겠는가? 그렇다면 스트래트퍼드 출신의 촌뜨기 배우가 과연 그렇다는 증거가 어디 있는가?

정통파의 견해로는 당시의 문인치고 셰익스피어는 전기가 많은 편이라고는 하지만, 그의 공적, 사적, 외적, 내적인 사실과 기록은 그토록 위대한 작가의 기록치고는 아주 적은 편이다. 그래서 그를 우상같이 숭배하는 사람들은 역설 같지만 그 우상의 진흙으로 만들어진 다리를 찾기 시작했다. 범인(凡人)은 그와 같이 위대한 작품을 쓰지 못할 것이다. 따라서 셰익스피어는 범인일 수 없으며, 그 작가는 그와 같은 요건을 충족시키는 특수 인물일 것이라는 설이다. 이것은 마치 추리 소설과도 같은 이야기다. 여기에 또 한 가지 중요한 충족여건이 있다. 그것은 그가 어떤 이유가 있어 자기 이름을 정면으로는 밝힐 수 없었을 것이라는 설이다.

프랜시스 베이컨이 같은 시대인으로서는 그와 같은 요건을 모두 갖추고 있다 그리하여 베이컨을 셰익스피어 극의 작가라고 하는 주장이 특히 미국에서 한때 상당히 유력했다. 게다가 베이컨은 또 암호법에 조예가 깊었다. 작품 안에 저자가 베이컨임을 알아볼 수 있게 하는 암호들이 산재해 있다는 것이다. 예를 들어 ≪사랑의 헛수고≫(제 5막 제 1장)에 나오는 'honorificabilitudinitatibus'라는 조어의 뜻이 '프랜시스 베이컨의 정신적 소산인 이 극들은 후세에 영속하리라'를 뜻하는 라틴어의 암호라고 풀이하라는 이설이 있다. 그 근거는 그의 극의 출원이 여러 가지로 확실한 것으로 미루어 각색 또한 여러 사람의 공동 집필로 이루어진 것이며, 프랜시스 베이컨과 월터 롤리의 공동 집필, 또는 옥스퍼드 백작을 중심으로 한 베이컨, 말로, 롤리, 더비 백작, 러틀런드 백작, 팸브루크 후작 부인 등의 집단 집필로서, 이때 연극 기교에 관한 전문 지식이 요청되었을 것이므로, 셰익스피어는 그 편찬, 또는 교정 같은 일을 했을 것이다.

셰익스피어의 결혼에 관계되는 기록으로서, 1582년 11월 27일 자 우스터 주교 교구 기록에 'Wm Shakspere and Anna Whateley'라는 기록과 그 다음 날짜에 'Willm Shakspere to Anne Hathaway'라는 기록이 있는데, 정통파에서는 'Whateley'는 'Hathaway'의 오기일 것이라고 보고 있지만, 1939

년과 1950년에 각각 다른 스코틀랜드 학자가 주장하기를, 미스 휫틀리(Miss Whateley)는 셰익스피어의 애인으로 앤 해서웨이에게 패배하여 수녀가 되어 셰익스피어와는 정신적으로 결합하여 그와 같은 극을 함께 제작했을 거라는 것이다.

다음으로 말로 설이 있는데, 셰익스피어와 태어난 해가 같으나, 요절한 말로의 셰익스피어에 대한 영향은 정통파에서도 인정하고 있는 바이지만, 근래에 미국의 신문 기자 캘빈 호프맨은 ≪셰익스피어라는 사람의 살해 문제≫라는 저서에서 말로는 그의 후원자 토머스 월징엄(T. Walsingham)경의 사주자들의 손에 살해된 것이 아니라, 그가 무신론자로서 처형되는 것을 미리 막기 위해 월징엄 경이 피살을 가장하여 그를 유럽 대륙으로 도피시킨 것이다. 그래서 그는 후일 비밀리에 귀국하여 월징엄 경의 집에 은신하여 셰익스피어라는 이름으로 극작을 발표한 것이라고 주장했다. 호프맨은 또한 월징엄 경의 무덤을 발굴하는 허가를 얻어 발굴에 착수했으나, 거기에 있으리라고 예상했던 셰익스피어의 원고는 발견되지 않았고 미처 무덤 현실까지는 파보지 못한 채 발굴을 중단당한 일이 있었다. 그래서 요사이 스트래트퍼드에 있는 셰익스피어의 무덤을 발굴해 보자는 말도 있다.

다음은 옥스퍼드 백작 설이다. 옥스퍼드 백작 에드워드 비어의 가문(家紋)의 하나로 사자가 창(spear)을 휘두르고 있는(shake) 것이 있다. 그의 별명이 '창을 휘두르는 사람(speare shaker)'이었으며, 그는 사우샘프턴 백작과 더불어 셰익스피어의 후원자로 알려진 사람인데, 사우샘프턴 백작이 그와 일리저베드 여왕 사이의 소생이라는 풍문이 나돌 정도였던 만큼, 그와 궁정과의 어떤 부득이한 사정 때문에 그는 자기의 작품에 셰익스피어라는 가명을 사용했거나, 스프래트퍼드 출신의 배우 셰익스피어의 이름을 빌려 쓴 것이라는 이설이 있다.

또는 셰익스피어라는 스트래트퍼드 출신의 대금업자가 궁색한 극작가들에

게 금전을 융통해 준 대가로 작품의 작가를 자기 이름으로 하게 했을 것이라는 이설도 있다. 또 하나의 이설은 그의 ≪소네트 집≫에 나오는 'Mr. W. H.' 가 누구냐?, '흑발의 미녀(dark lady)' 나 '미청년(fair youth)' 은 과연 누구냐? 하는 것이다.

그의 소네트가 원래 개성적인 요소를 강하게 풍기고 있기 때문에 이 점들에 관해서는 정통파 학자들 사이에도 논쟁이 분분하지만, 말로 설의 주장자들은 '미청년'을 당시의 동성애와 관련시켜 말로의 동성애를 증거로 셰익스피어 소네트의 저자를 말로라 단정하고, Mr. W. H.를 앞서의 월징엄의 약기(略記)라고 주장한다.

같은 자료와 같은 사실을 가지고 이러한 설들은 이렇게 기묘한 결론에 도달하고 있지만, 오늘 날 정통파 학자들은 스트래트퍼드의 셰익스피어의 실존성에 대해 추호도 의심하지 않는다.

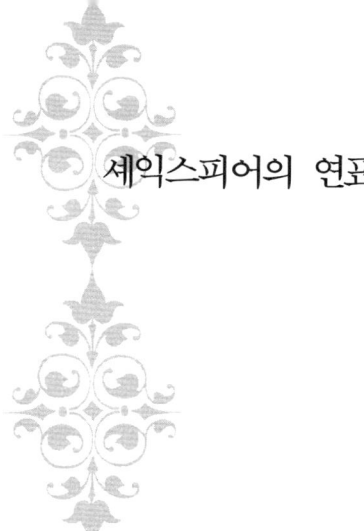

셰익스피어의 연표

1556년
존 셰익스피어, 스트래프퍼드 온 에이븐의 헨리 가(街)와 그린힐 가(街)에 주택을 구입.

1557년
존, 윌코트의 메리 아든과 결혼.

1558년
일리저베드 여왕 즉위.
존의 장녀 쥬오운 출생(9월 10일 세례).
존, 시의 치안관에 선임.

1559년
존, 스트래트퍼드 시의 벌금부과역에 취임.

1561년
존, 시의 재무관에 취임.

1562년
존의 차녀 마거레트 출생(12월 2일 세례).

1563년
마거레트 사망(4월 30일 매장).

1564년
존의 장남 윌리엄 셰익스피어 출생(4월 23일?).
윌리엄, 호울리 트리니티 교회에서 세례(4월 26일).
존, 역병으로 인한 빈민의 구제를 위해 다액의 기부를 함.

1565년(1세)
존, 시의 참사의원으로 피선.

1566년(2세)
존의 차남 길버트 출생(10월 13일 세례).

1568년(4세)
존, 시장에 취임.

1569년(5세)
존의 3녀 쥬오운 출생(4월 15일 세례. 사망한 장녀와 이름이 같음).

1571년(7세)
존, 시 참사원의 의장 격인 치안관에 취임.
존, 리처드 퀴니 상대로 50파운드의 채권 독촉의 소송을 제기함.
존의 4녀 앤 출생(9월 28일 세례).

1572년(8세)
귀족의 보호 없는 배우는 불량배로 취급되는 조령(條令)이 포고됨.

1573년(9세)
존, 헨리 히그퍼드에 의해 30파운드의 채무 이행의 소송을 받음.

1574년(10세)
존의 3남 리처드 출생(3월 11일 세례).
역병으로 인해 런던에서 연극 상연 금지.

1575년(11세)
존, 주택 구입에 40파운드 투자.

1576년(12세)
런던에 최초의 공개 상설극장의 건립 착수. 이것은 '극장'(The Theatre)이라 불리어졌음.

1577년(13세)
존, 이 무렵부터 공식 석상에 나타나지 않음.

1578년(14세)
존, 가옥을 담보로 40파운드의 빚을 냄(11월 14일).

1579년(15세)
존, 아내의 재산을 일부 처분함.
4녀 앤의 사망(4월 4일 매장).

1580년(16세)
존, 아내의 재산을 저당함.
존의 4남 에드먼드 출생(5월 3일 세례).

1582년(18세)
윌리엄 셰익스피어와 앤 휫틀리(Anne Whateley)와의 결혼 허가서 발행(11월 27일).
윌리엄 셰익스피어와 앤 해더웨이(Anne Hathaway)와의 결혼 보증인 연서(11월 28일. 이날 결혼함).

1583년(19세)
윌리엄의 장녀 수자나 출생(5월 28일 세례).

1584년(20세)
작자 미상의 ≪왕후귀감≫을 웨스툰이 편찬하여 출판.

1585년(21세)
윌리엄의 쌍둥아 햄네트(장남)와 주디드(차녀) 출생(2월 2일 세례).

1586년(22세)
필리프 시드니 전사(戰死).

1587년(23세)
존, 시 참사의원에서 제명당함. 윌리엄, 이 무렵에 상경(?).
스코틀랜드의 메리 여왕, 엘리자베스 여왕에 의해 처형됨(2월 8일).

1588년(24세)
스페인의 무적함대, 영국 해군에게 격파당함(7월 28일).

1590년(26세)
≪헨리 6세≫ 제 2부와 제 3부 집필(?).

1591년(27세)
≪헨리 6세≫ 제 1부 집필(?)

1592년(28세)
≪헨리 6세≫ 제 1부, 〈스트레인지 소속 극단〉에 의해 상연(?)(3월 3일).
로버트 그린, '삼문제사'에서 셰익스피어를 비난.
이 해 후반에 역병으로 런던의 극장 폐쇄.
존, 교회 불참자의 명단에 기록됨.
≪리처드 3세≫ 집필(1592~1593년).
≪착오 희극≫ 집필(1592~1593년).
≪비너스와 아도니스≫ 집필(1592~1593년).

1593년(29세)
≪비너스와 아도니스≫ 출판 등록(4월 18일). 같은 해에 4절판으로 출판(양 4절판).
≪타이터스 앤드로니커스≫ 집필(1593~1594년).
≪말괄량이 길들이기≫ 집필(1593~1594년).
≪루크리스의 능욕≫ 집필(1593~1594년).
극작가 크리스토퍼 말로 살해당함(5월 30일).

1594년(30세)

윌리엄, 〈궁내대신 소속 극단〉(Lord Chamberlain's Men)에 단원으로 참가.
≪타이터스 앤드로니커스≫ 출판 등록(2월 6일), 동년에 4절판으로 출판(양 4절판).
≪헨리 6세≫ 제 2부 출판 등록(3월 12일), 동년에 악 4절판 출판.
≪루크리스의 능욕≫ 출판 등록(5월 9일), 동년 4절판으로 출판(양 4절판).
≪착오 희극≫ 그레이 법학원에서 상연(12월 28일).
≪베로나의 두 신사≫ 집필(1594~1595년).
≪사랑의 헛수고≫ 집필(1594~1595년).
≪로미오와 줄리엣≫ 집필(1594~1595년).

1595년(31세)

윌리엄, 〈궁내대신 소속 극단〉 단원으로서 최고의 기록(3월 15일).
≪리처드 2세≫ 집필(1595~1596년).
≪리처드 2세≫ 상연(12월 9일).
≪한여름 밤의 꿈≫ 집필(1595~1596년).

1596년(32세)

장남 햄네드 사망(8월 11일 매장).
부친 존, 문장(紋章)의 사용을 허가 받음(10월 20일)
≪존 왕≫ 집필(1593~1596년).
≪베니스의 상인≫ 집필(1596~1597년).

1597년(33세)

윌리엄, 이 무렵 런던의 세인트 헬렌의 비솝게이트에서 거주함.
윌리엄, 스트래트퍼드에서 가장 아름답고 둘째로 큰 저택 뉴 플레이스(New Place)를 윌리엄 언더힐로부터 40파운드에 구입함(5월 4일).

≪리처드 2세≫ 출판 등록(8월 29일), 동년 출판(양 4절판).
≪리처드 3세≫ 출판 등록(10월 20일자), 동년 출판(양과 악의 중간의 4절판).
≪로미오와 줄리엣≫ 악 4절판 출판.
≪헨리 4세≫ 제 1부와 제 2부 집필(1597~1598년).
≪사랑의 헛수고≫, 크리스마스에 궁정에서 상연.

1598년(34세)
≪헨리 4세≫ 제 1부 출판 등록(2월 25일), 동년 출판.
≪소네트 집≫ 거의 완성(?).
수상인 윌리엄 세실 사망.
≪베니스의 상인≫ 출판 저지 등록(7월 22일).
윌리엄, 벤 존슨의 〈각인 각색〉에 출연(9월).
≪사랑의 헛수고≫ 양 4절판 출판.
≪헛소동≫ 집필(1598~1599년).
≪헨리 5세≫ 집필(1598~1599년).
프랜시스 미어스의 수기 ≪지식의 보고≫ 출판, 이 책에는 셰익스피어에 관한 여러 가지 언급이 있다.

1599년(35세)
시인 에드먼드 스펜서 사망.
풍자문학 금지(6월 1일).
에섹스 백작, 아일랜드 원정 실패.
〈궁내대신 소속 극단〉의 본거인 〈지구극장〉 개장.
≪줄리어스 시저≫ 집필, 동년 〈지구극장〉에서 상연(9월 21일).
≪로미오와 줄리엣≫ 양 4절판 출판.
≪뜻대로 하세요≫ 집필(1599~1600년).
≪십이야≫ 집필(1599~1600년).

1600년(36세)

동인도회사 설립.

≪뜻대로 하세요≫ 출판 보류 등록(8월 4일).

≪헛 소동≫ 출판 보류 등록(8월 4일), 출판 등록(8월 23일), 동년 출판(양 4절판).

≪헨리 4세≫ 제 2부 출판 등록(8월 23일), 동년 출판(양 4절판).

≪헨리 5세≫ 출판 보류 등록(8월 23일), 동년 악 4절판 출판.

≪한여름 밤의 꿈≫ 출판 등록(10월 8일).

≪윈저의 명랑한 아낙네들≫ 집필(1600~1601년).

1601년(37세)

부친 존 사망(9월 매장).

〈궁내대신 소속 극단〉 에섹스 백작 일당의 요청에 의해 왕위 찬탈극 ≪리처드 2세≫를 〈지구극장〉에서 상연(2월 7일).

에섹스 백작, 런던에서 쿠데타를 거사하여(2월 8일), 사형에 처해짐(2월 24일).

≪십이야≫ 궁정에서 상연(1월 6일).

≪햄릿≫ 집필(1601~1602년).

≪트로일러스와 크레시더≫ 집필(1601~1602년).

1602년(38세)

이 무렵 크리폴게이트(런던)에서 하숙.

스트레트퍼드 교외에 107에이커의 토지를 320파운드에 매입(5월 1일).

≪윈저의 명랑한 아낙네들≫ 출판 등록(1월 18일), 동년 악 4절판 출판.

≪햄릿≫ 출판 등록(7월 26일).

≪끝이 좋으면 다 좋다≫ 집필(1602~1603년).

1603년(39세)

엘리저베드 여왕 사망(3월 24일), 튜더 왕조 끝남.

제임스 1세 즉위하여 스튜아트 왕조 출발.

〈궁내대신 소속 극단〉, 제임스 1세의 후원 아래 〈국왕 소속 극단〉으로 됨(5월 19일).

역병으로 해서 런던의 극장들은 1년이나 폐쇄.

≪트로일러스와 크레시더≫ 출판 등록(2월 7일).

≪햄릿≫ 악 4절판 출판.

1604년(40세)

≪오델로≫ 집필, 동년 11월 1일 궁정에서 상연.

≪이척보척≫ 집필(1604~1605년), 동년 12월 26일 궁정에서 상연.

≪햄릿≫ 양 4절판 출판.

1605년(41세)

〈국왕 소속극단〉 ≪헨리 5세≫를 궁정에서 상연(1월 7일).

〈국왕 소속극단〉 ≪베니스의 상인≫을 궁정에서 상연(2월 10일).

의사당 폭파 음모 사건 발각됨(12월 5일).

윌리엄, 스트래트퍼드와 그 인접 지역의 31년 간의 10분의 1세(稅)의 권리를 440파운드로 매입(7월 24일).

≪리어왕≫ 집필(1605~1606년).

1606년(42세)

의사당 폭파 음모 사건의 주모자 헨리 가네트의 처형(5월 3일).

무대에서 신을 모독하는 말을 쓰지 못하게 하는 조령(條令) 포고(5월 27일).

≪맥베드≫ 집필.

≪리어 왕≫ 궁정에서 상연(12월 26일).

≪앤토니와 클레오파트라≫ 집필(1606~1607년).

1607년(43세)
장녀 수자나, 의사 존 홀과 결혼(6월 5일).
≪리어 왕≫ 출판 등록(11월 26일).
≪코리올레이너스≫ 집필.
≪아테네의 타이먼≫ 집필.

1608년(44세)
시인 존 밀턴 출생.
수자나의 장녀 일리저베드 출생(2월 8일 세례).
모친 메리 사망(9월 9일 매장).
윌리엄, 존 애든브루크를 상대로 6파운드의 채권에 관해 소송을 제기하여 승소함(12월 17일~1609년 6월 7일).
〈국왕 소속극단〉이 실내 극장인 〈블랙프라이어즈〉를 매입, 윌리엄도 8분의 1의 주주가 됨(8월 9일).
≪앤토니와 클레오파트라≫ 출판 저지 등록(5월 20일).
≪리어 왕≫ 출판(양과 악의 중간의 4절판).
≪페리클리즈≫ 집필(1608~1609년), 동년 출판 등록(5월 20일).

1609년(45세)
≪트로일러스와 크레시더≫ 출판(양 4절판).
≪소네트 집≫ 출판 등록(5월 20일), 동년 출판.
≪페리클리즈≫ 출판(양 4절판).
≪심벨린≫ 집필(1609~1610년).

1610년(46세)
윌리엄, 이 무렵에 고향에 은퇴(?).
≪겨울 이야기≫ 집필(1610~1611년).

1611년(47세)
≪흠정 영역 성서≫ 출판.
점성가 사이먼 포맨, 〈지구극장〉에서 셰익스피어의 극을 관람한 기록이 있음.
≪맥베드≫ (4월 20일), ≪심벨린≫ (4월 하순), ≪겨울 이야기≫ (5월 15일) 등.
≪태풍≫ 집필(1611~1612년), 동년 궁정에서 상연(11월 1일).

1612년(48세)
윌리엄, 벨로트 마운트조이의 소송사건에 증인으로 출두(5월 11일, 6월 19일).
일리저베드 왕녀의 결혼 축하와 외국 사절들을 위해 〈국왕 소속 극단〉은 이 해 겨울부터 1613년에 걸쳐 20회 이상의 공연을 함.
≪헨리 8세≫ 집필(1612~1613년).

1613년(49세)
〈국왕 소속 극단〉, 〈지구극장〉에서 ≪헨리 8세≫를 상연(6월 29일).
이날 상연 때의 축포의 불꽃에 인화하여 〈지구극장〉 소실. 곧 재건립에 착수.

1614년(50세)
제2의 〈지구극장〉 6월(?)에 준공.
윌리엄, 상경(11월 17일).

1616년(52세)
윌리엄, 유언장을 기초(起草)(1월 ?).
차녀 주디드, 토머스 퀴니와 결혼(2월 10일).

윌리엄, 유언장을 다시 정리 작성하여 서명함(3월 25일).
윌리엄, 사망(4월 23일), 스트래트퍼드의 호울리 트리니티 교회에 매장(4월 25일).

1619년
토머스 파비어, 셰익스피어의 선집 출판(≪헨리 6세≫ 제 2·3부, ≪베니스의 상인≫, ≪헨리 5세≫, ≪한여름 밤의 꿈≫, ≪윈저의 명랑한 아낙네들≫, ≪리어 왕≫, ≪페리클리즈≫ 등이 수록됨).
W· 자가드, 불법으로 셰익스피어의 전집을 2절판으로 출판 기도.

1621년
≪제일 2절판 전집≫ 인쇄 착수(4월 ?).
≪오델로≫ 출판 등록(10월 6일).

1622년
≪오델로≫ 출판(양 4절판).

1623년
윌리엄의 아내 앤 사망(8월 6일 매장).
셰익스피어 극의 전집 출판을 위해 ≪태풍≫을 비롯하여 16편 극의 출판 등록(11월 8일).
셰익스피어의 동료 배우 존 헤밍그와 헨리 콘델에 의해 편찬된 셰익스피어의 극 전집 ≪제일 2절판 전집(The First Folio) 출판(연말 ?). 이 전집에는 ≪페리클리즈≫와 시는 포함되어 있지 않음.